新 潮 文

ふたりぐらし

桜木紫乃著

新 潮 社 版

11419

目次

ふたりぐらし

こおろぎ

冷房の効いた車両に入ると、信好《のぶよし》の額から汗が噴きだしてきた。

母のテルは迷いない様子で優先席に座る。昼時にさしかかり、札幌行きの快速電車には季節から解放されたようなのどかさが漂っていた。

テルは三席ある優先席の端に腰を下ろし、信好を手招きした。手すりのポールと色分けされたシートが優先席と普通席を分けている。信好は空席が向かい合う車両に母と並んで座ってしまってから、軽く悔いた。

古稀《こき》の母親と不惑の息子だった。

惨《みじ》めさから逃れるために、早々に格好悪さを認める。今朝、紗弓《さゆみ》が言ったひとことがちいさなひっかき傷として残っていた。

――病院でもよく見るの、そういうおじいちゃんやおばあちゃん。優しくしてあげて。

実際のところ母親の偏屈ぶりについては、嫌味のひとつも言われたほうがましなのだ。内科の外来で看護師をしている妻には、テルが息子を呼び出す理由も心根も、あるいは断れない信好の腹の中も、すべて透けて見えているらしい。

日曜の夜、必ずテルから電話が入る。用件は「膝《ひざ》が痛いから病院に連れて行ってくれないか」あるいは「腰が痛くて台所に立てない」だった。近くの病院では駄目だからと言い、札幌まで出たがるので、月曜日の信好は朝から札幌―江別《えべつ》を二往復することになる。片道三十分に満たない乗車時間だが、実家から駅までの徒歩十分は母とふたりだとやけに長い。

毎週のように、札幌駅隣接の百貨店で蕎麦《そば》を食べてから整形外科へ連れて行く。診察と調剤待ちを終える頃はいつも夕刻だ。本人が電話で言うほどではないことが、もう半年続いている。痛み止めとビタミン剤しか処方されないのだ。一度詳しい内科の検査を受けてみてはどうかという紗弓の勧めも、伝えると渋い顔になる。

信好が幼いころから母は、何気なく放ったひとことで人間関係を失うことが多かった。夫を亡《な》くしてからの十年、彼女はひとりきりだ。親しく行き来するような友人もおらず、ひとり息子はといえば時代に取り残された映写技師で、ほとんど稼ぎはない。

信好は市内や近隣市町村のイベントや古い映画の上映会でお呼びがかかるほかは、

NPO法人が運営する地元を舞台にした映画の資料館「北の映画館」で週に一、二回受付に座っている。映写技術を残す講師として名簿に載っても、脚本を書いても、仕事に結びつくことはなかった。

優先席と普通席を隔てるポールや冷房のおかげで母の体温を直接感じなくて済むのが、今日初めて感じた「よいこと」だった。

車両の床にできた四角い日だまりを見ながら発車時刻を待つ。私服の高校生が四人駆け込んできた。

「うるさいね」

テルがいつもの調子で放った言葉は、思いのほか車両内に響き渡った。ひょろひょろとした体型の男女四人が一斉にこちらを見た。

電車が動き出し、二駅過ぎても若者の視線が気になって仕方ない。こんなとき信好が出来るのは、テルと無関係な人間を演じきることだった。

怒りに満ちた視線が母親に集中しているときは、他人のふりをする。電車で隣に座っているときもそうだし、蕎麦屋でのときは運悪く「相席」になった客のふりをするのだ。誰の目にどう映るかが問題ではなかった。居心地の悪い思いから逃れることで、その場から一歩も動かずに済むことが大事なのだった。テル自身はそんな他人の視線や息子の胸奥に気づく様子もない。

車窓の向こうに、等間隔に植えられた防風林がある。己の感情を見せられているようだ。電車が毎日人を運んでいることも、通り過ぎる景色も、終わりのないフィルムに似ている。

ここ半年、晴れても降っても信好の月曜日はテルのために使われていた。母は自分の要求は息子を生んだ女の権利だと信じ、疑ってすらいないように見えた。防風林が途切れ、地上のなにもかもを押しつぶしてしまいそうな空が現れると、いつも同じことを考えた。

いま死なれても、なにも思わないだろうな――毎回、毎週同じ思いが押し寄せてくる。初めて頭のなかで言語化されてしまったときは、一瞬戸惑ったが二度目からは慣れた。

逆縁よりはいいだろうという思いは、やがて大げさに悲しまないほうがよいのだ、へとすり替わる。

妻に労《ねぎら》われるほど自分の月曜日は献身的なものだと信じたい。たとえ母親に友人がひとりもおらず、この親孝行を誰が褒めてくれなくても、だ。

札幌のひとつ前の駅を出たあたりで、テルが言った。

「毎回同じ蕎麦屋じゃなんだから、今日は鰻《うなぎ》でも食べようかね」

「鰻食う金、俺は持ってないよ」

相手が母親でも妻でも「俺、金持ってない」と言えてしまうくらいに、自尊心のハードルを下げるのが巧《うま》くなった。

映写技師という仕事は、フィルム映写機を使わないシネマコンプレックスの人気が高まり、街の映画館が消えてゆくと言われているなかで選んだ仕事だったのだから、最初から長く続けられないのは分かっていたはずだ。映画館のバイトをしながらだらだらと大学生を六年やった。バイトが本業になってからも、信好の懐《ふところ》に余裕があったためしはない。毎日映画を観《み》ていられる仕事ならほかにもあったと思うのだが、それがなんであるかを積極的に考えてはこなかった。

「これから美味《おい》しいもん食べようってときに、金の話なんかするんじゃないよ」

忌々《いまいま》しい口調でテルが言う。最近声がやけに大きいのは、耳が遠くなっているせいなのだと、初めて気がついた。ホームでも電車でも病院でも飲食店でも、テルが口を開くたびに誰かがこちらを見る。息子の声を聞き取ろうとして、知らず大きくなってゆくらしい。

札幌に着いてからも、テルの歩く姿は軽やかだった。今日はいったいどこが痛くて病院へ行くのだったか、膝か腰か背中か。当の信好も昨夜の電話か先週の電話だったか区別がつかないのだから、ひとのことは言えなかった。小学生のような背丈の母が、百貨店に入ってすぐエレベーターの前に並んだ。信好は偶然居合わせた者のような顔をしてテルの横に立つ。

昼時のレストラン街は列のある店と空《す》いている店が半々だった。テルが、いつも行く蕎麦屋のずいぶん手前で立ち止まった。真剣な表情で店先に飾られた鰻重《うなじゅう》のサンプルを見ている。こってりと艶《つや》のある甘いにおいが食欲をそそるが、値段を見るとその気も萎《な》えた。ひとり分で、せいろ四枚は食べられる。

「あんまり見てると、食べたくなるから向こうに行こう」

丸まった母の背中に声を掛けた。息子の言葉を合図に、テルがすっと腰を起こし、暖簾《のれん》をくぐった。ひとあし遅れて店内に入る。庶民価格とは言えないせいか、ところどころ埋まった客席はとても静かだった。年配の客も二人連れの女性客もいるが、老いた母と息子という組み合わせを探すも、それらしい姿はない。

注文を取りにやってきた店員に、テルはいちばん高い鰻重をふたつ注文した。あまり驚いた顔をしないように努め、店員が去ってから小声で「どうしたの、急に」と訊《たず》ねた。テルは眉《まゆ》を寄せて耳を突き出すようにこちらに向けた。向かいあったテーブルから身を乗り出してもう一度同じ質問をした。

「いつか食べてみたかったんだよ。ここはいつも素通りしていたから」

「そうなんだ、へえ」平静を装《よそお》い、短い言葉で会話を止めた。

運ばれてきた鰻重を、テルは見たこともない柔らかな表情でひとくちずつ口に運んだ。信好はそんな母親をちらちらと見ながら、ときどきお新香や肝吸いを挟み新鮮な舌で鰻を味わった。懐の都合で普段手が届かないものは、それだけで数倍旨《うま》く感じる。ここにビールのジョッキでもあったら、テルのことも紗弓の言葉も、日常そのものも薄れてしまいそうだ。

残りひとくちというところにきて手が止まった。最後に鰻を食べたのがいつだったか、なかなか思い出せない。思い出してから口に入れようと思うと、妙な焦《あせ》りが喉《のど》を渇かしてゆく。

「おいしいねえ」

思わずテルの顔を見た。途端に記憶の霧が晴れて、前回の鰻が父親の初七日だったことを思い出した。もう十年も食べていなかったのかという新鮮な驚きとともに、記憶がどんどん頭に流れ込んでくる。母と息子ふたりだけの家族葬だった。親戚《しんせき》づきあいのない一家の葬儀は、後ろめたいほど簡単に終わった。

父が死んだころ、あれほど地味な葬式はまだ珍しかった。信好にも今よりは仕事があり、三年つき合った女と別れた直後のことでもあった。父親が死んだという事実よりも、偏屈でどうにもならない母親を今後どうしたらいいのかという戸惑いのほうが大きかった。

父の初七日、今後の供養《くよう》の話もせずに母は「鰻を食べたい」と言った。

こざっぱりとした料理屋で普段は口にできない極上の鰻を食べた。そこに父親がいないことを確認するように、テルとふたり黙々と鰻重の器を空にした。思い出したことに高揚したのか、最後のひとくちをのみ込んだあと、ごちそうさまの代わりに言った。

「鰻、前に食べたのは父さんの初七日だった」

また耳を突き出すようにするので、言葉を区切りながら二度同じことを言った。テルは「そうだったっけ」と言ったきり不思議そうな顔をする。記憶違いかと不安になるが、その不安も何秒も続かずに消える。母の記憶も自分の気持ちも、車窓を流れてゆく景色みたいだ。延々と続くことの恐怖を孕《はら》み、果てがない。

家にあるものよりずっと高級な楊枝《ようじ》で歯をせせりながら、鰻のことは紗弓には黙っていようと決めた。思えば紗弓とふたりで鰻を食べたことがなかった。信好の好物ということも、紗弓は知らない。

身の丈にあった発泡酒を飲み、身の丈を気にしながら豆腐の値段を確かめ、妻に頼まれた食材を最小限の出費で買い置くのが信好に任された家事のひとつだった。半額になった油揚げをトースターで焼いて、醬油《しょうゆ》をかければ一品だ。紗弓は、ときどき別の夜間診療所でバイトをする。働き口を選り好みするような男が作ったものを旨そうに食べる女房の前で、堂々とビールを飲むのは気が引けた。

テルがバッグから財布を出しながら立ち上がった。信好もゆらゆらと席を立つ。レジの前で、係が来る前にそっと「奢《おご》ってもらっていいの?」と訊ねた。聞こえないのか、返事はない。ちらと覗《のぞ》くと、母の財布には一万円札が二枚入っている。はちきれそうにぶ厚くなっているのは、小銭も一緒に入れているからだった。見れば五百円硬貨が重なり合いながら財布を厚くしている。小銭入れを持って歩かない無精まで、この母に似てしまった。

そっと暖簾を出て、すぐ先の手洗いへと入る。母に鰻を奢ってもらったことよりも、紗弓にそれを黙っていることのほうが重要な課題だった。

手洗いを出て、鰻屋の前で佇《たたず》む母の横に立った。信好を見上げるテルの表情が、見たこともないほど崩れた。泣きそうな母の顔を見ると、なぜかまた他人のふりをしたくなってくる。

「ああ良かった。どこ行ったのかと思った」

「手洗いに行くって、言っただろう」

いや、言わなかったかもしれない——

「店から出たらひとりだった。とうとう来てしまったかと思った」

「どこに来たって」

信好の問いにテルは迷いない瞳《ひとみ》で「あの世」と答えた。肩で息をしている母を見て、これも紗弓には黙っておこうと思った。通路に行き交うひとの話し声が急に多くなったような気がする。母の耳が遠くなったぶん、息子の聴覚が鋭くなるということはあるのだろうか。通り過ぎる親子連れや夫婦、女同士の会話ひとつひとつが耳について仕方なかった。

肩で大きく息をして、テルが言った。

「今日は病院へ行くのやめる」

「やめるって、どこだか痛いって言ってたろう。なにしに札幌出てきたんだよ」

「膝。鰻を食べたら治った」

そりゃありがたい、と口に出しそうになり、慌《あわ》ててのみ込んだ。

ひとつふたつささくれた言葉を吐いたものの、結局病院へ行かないまま江別に戻ることになった。家の近くのスーパーに立ち寄り、食材や日用品を買いそろえるのも月曜日の決まり事になっている。

店内でのテルは信好に持たせた買い物かごに、次々と「半額」のシールが貼《は》られた食品を入れてゆく。一週間保《も》ちそうもないことがわかっていても、半額シールが嬉《うれ》しいのだろうと文句を言ったこともない。半値には半値の理由があることに、テルはしっかりと蓋《ふた》をすることができる。昔から定価でものを買うのは損だと思っているのだから、その考えは容易に変わらない。

結婚したてのころ、テルの買い物につき合った紗弓は「おひとりだと、新鮮なものを買ったほうが結局お得ですよ」と言ってテルの機嫌を損ねた。

――お節介だったなって、今ならわかるんだけど。

ごめんねと言われてから、信好はテルのことで妻に謝る機会を失った。

信好は、冷蔵庫に入ったまま捨ててももらえず腐ったものを何度も見た。腐敗した食材はいつの間にか冷凍庫へ移動して、冬のあいだになんとなく姿を消している。確かに外が凍る時期ならば、においもひどくはならない。

買い込んだ食材を冷蔵庫に入れ終えると、午後四時をまわっていた。病院に行っていたら帰宅は八時を過ぎていたろう。鰻は食べたし病院は行かずに済んだし、今日はいい日だった。手を叩《たた》きたい気分で、テレビの前に座り音量を上げるテルの背中に声をかけた。

「じゃあ、俺は帰るよ」

こちらの声は聞こえていないようだ。信好は母の背中のすぐそばまで近づき、もう一度声をかける。

「かあさん、俺、帰るからね」

瞬間、飛び上がったテルは怯《おび》えた目をして問うてきた。

「お前、なんでここにいるの」

「なんでって、こっちが聞きたいよ」

言いながらやや乱暴に母の手からリモコンを奪い、テレビのスイッチを切った。あまりにも驚いた顔をするので腹が立ってくる。

「今朝、札幌の病院に連れていくって家まで迎えに来たじゃないか。札幌に行って、膝が痛くなくなったからってそのまま戻ってきて、スーパーで買い物して、買った物を冷蔵庫に入れたんだよ、俺が、いま」

鰻を奢ってもらったところだけ抜けていた。ふと、鰻屋の前で「あの世かと思った」と言ったテルを思い出した。とうとう来てしまったか、と言わねばならぬのは信好のほうだった。母は呆《ぼ》け始めているのだ。心に不思議なスイッチを持って、入れたり切ったりしている。

とうとう来てしまった――

紗弓に、なんと報告すればいいのだろう。まず信好が考えたことは、妻に対するいいわけだった。亭主ひとりでも相当な負担になっているはずだ。呆けた姑《しゅうとめ》の面倒まで見させるわけにはいかなかった。遠慮と呼べばまだましで、明らかにこれは見栄《みえ》だろう。自分は女房に、これ以上の弱みを握られたくはないのだ。

「かあさん、どうしたのさ」優しく問うた。

「どうもしない。テレビ見ているうちに、お前のこと忘れてた。悪かったね」

テルはゆるりと視線を泳がせ、一月からめくっていないカレンダーを見て「もうこんな時間だ」と言った。本気なのか冗談なのか、判断が難しいくらい真面目《まじめ》な顔だ。

「俺、帰るね」

もう来ないから、と言いたくなる気持ちを抑え込んだ。本当にそんなことが出来るのなら、もっと早くに「常識」から解放されていただろう。

いまから快速に乗れば、紗弓が戻る前に晩飯の支度ができる。鰻はそれで帳消しだ。

驚くほどにこやかにテルが言った。

「そう言わずに少しゆっくりしていってくださいな。どうぞどうぞこちらにお座りください」

違うスイッチが入ったらしい。何十年も敷きっぱなしの絨毯《じゅうたん》は、毛羽も消えてところどころに父が落とした煙草《たばこ》の焼け焦げが残っている。炬燵布団《こたつぶとん》はいったいどこにあるのか、ここ数年は冬場も出てくる様子はなかった。おそるおそるきしむ床に腰をおろした。テルが微笑《ほほえ》み続ける。

「それでね、わたしいつかあなたに、奥様と知り合ったきっかけを伺おうと思ってたんです」

「きっかけ、ですか」

そうだ——テルは父と出会った若いころ呉服店に勤めていたことがあると言っていなかったか。狂気とも正気ともわからぬ母は、薄暗い家にいるせいか目が輝き若く見える。彼女にとってここはいま、呉服店の店先なのかもしれない。

「妻に初めて会ったのは、スーパーの入口だったんです」

「まぁ、スーパーの」

テルは大げさに驚き、口元をおさえて笑った。

ここですると母親の世界に入り込んでしまえる自分に正直驚いた。この会話が脚本のようにも思えてくる。これを映像にしたら案外いい話になるんじゃないか。

「近所のスーパーに行ったとき、入口でしゃがんでる女の人が虫を捕まえては一匹ずつ植え込みに放ってたんです。しばらくそれを眺めてて、立ち上がったところで何をしてたんですかって訊ねたんです」

「それは勇気がいったことでしょうねぇ」

テルは感じ入るようにそう言うと、大きくうなずいた。これが、信好を生むずっと前、父と出会う前にまだ勤め人をしていたころのテルなのか。

「ええ、自分でもよく声をかけたなって思います」

何も今日、紗弓との出会いを呆けた母に語ることはない。けれど、初めて「すれていない女」に惚《ほ》れた日のことは、信好にとっても数少ないきらめく記憶なのだった。こうして言葉にして逃げ込む場所を得てゆく自分を嗤《わら》えば、心の均衡も保たれる。

「そしたら彼女『こおろぎを逃がしてた』って答えたんです。踏まれるほうも踏むほうも、嫌だろうからって。なんだかそのひとことで、いい娘《こ》だなと思ったんですよ」

放っておけば踏まれて死ぬだろう一匹の虫と、虫を踏んだことでひとつ心に蓋をする人間の、両方を同時に考えられる女の心根がたまらなく愛《いとお》しく思えた。手が届く範囲にいたこおろぎをすべて植え込みに放って、紗弓は「これでよし」と立ち上がったのだ。「あなたいいひとだな」とつぶやいた信好を、まぶしげに見上げた瞳を思い出した。

「まぁ、こおろぎを。それはすてきなお話ですこと」

「そこからつきあい始めて、今は彼女に食わせてもらってます」

本気で照れてしまい、自分が薄気味悪く思えてきた。このまま、母のいる世界から戻って来られないのではと不安が湧《わ》いてくる。テルは「あら、まあ」と眉を寄せた。ここでなんの遠慮もなく「あなた、お仕事していらっしゃらないんですか」と訊ねられる性分は、若い頃から変わっていないらしい。言葉を選ぶということが出来ない接客係では、雇い主もたまらないだろう。憤慨する客の顔が見えるようだ。

「本当は映写技師なんですけどね」

無意識に口から出た職業は、脚本家でも評論家でもなかった。一銭にもならぬ原稿を書いていながら、それを職業として名乗る愚かさだけは避けられた。肩書きが元映写技師しかないことと引き替えにしても、そんな格好の悪い自分からは出来るだけ目をそらしていたい。

「いつか、ちゃんと女房を食わせていけるようになりたいと思っているんですが」

「そうねえ、そうしてくださるとわたしも母親としてとても嬉しいです」

慈悲深い眼差《まなざ》しでテルが言った。

母がいったいどの年齢のどの時期にいるのかわからずうろたえた。年齢だけではなく場所も意識も固定されることなくあちこち飛び交っているようだ。呆然《ぼうぜん》としていると、それまで愛想笑いを浮かべていたテルが急に真顔になった。

「早く帰んなさい。紗弓さんによろしく言っておいて」

ぶっきらぼうな母に戻っていた。それまでの会話が彼女のなかに残っているのかいないのか、リモコンの電源を押す横顔からはわからなかった。いきなり閉じられた舞台の幕に「なんだよ、もう」とつぶやきながら信好は立ち上がった。

「じゃあ帰るからな。冷蔵庫の中のもん、あまり腐らせるなよ」

「わかってるよ」

怪しいものだと思いながら、黴《かび》くさい実家を後にした。夕暮れが過ぎた街を線路に向かって歩く。街灯の下で腕の時計を見た。そろそろ電車が混み合う時間帯だ。ジーンズのポケットで携帯電話が震えた。紗弓からのメールだ。

〈お義母《かあ》さんの具合、どうですか。こちら六時には帰宅します。今日はわたしが作ります。冷やし中華なんてどうですか〉

鰻のこともテルの言動も黙っていようと決めた。

アパートに戻ると、下駄箱《げたばこ》の上に自分宛《あて》の封筒があるのを見つけた。差出人は札幌の出版社だった。映画監督の評論を送った先のひとつだ。玄関を入ってすぐ見える場所に置いてある。郵便物はいつも直接三和土《たたき》に落ちるので、この封書が来ていることを紗弓も知っているということだった。すぐ開けようかと迷ったが、読んでいる最中に彼女が部屋から出てくるとばつが悪い。ふたつに折りたたんでジーンズのポケットに入れた。

「おかえりなさい」

居間のドアから紗弓が顔を出した。シャワーを浴びたのか肩までの髪が濡《ぬ》れている。化粧気のない顔は、三十五よりすこしばかり若く見える。病棟勤務で夜勤漬けだった日々より、個人病院に移ったいまの方が体調がいいという。紗弓の視線が下駄箱から信好に移った。なくなっている封書について、彼女はなにも言わなかった。

「冷やし中華、俺も手伝おうか」

「あとは麺《めん》を茹《ゆ》でればいいだけになってる。具材はもう切ってあるよ。それよりお義母さん、どうだった」

語尾の上がり具合に嫌味な気配はまったく感じられない。鰻重の味が責めるように信好の舌に戻ってくる。

「いつもと同じ。相変わらず」

「今回は、腰だっけ、膝だったっけ」

無邪気に訊ねてくる手には水を溜《た》めた寸胴《ずんど》鍋《なべ》があった。「腰だったかな」曖昧《あいまい》に答えると「気になるなあ」と返ってくる。

「気になるって、なにが」

「骨がすり減ったり歩き方の癖で負担がかかったり、いろいろ理由はあるんだろうけど、腰は内臓系ってことも多いから、一度内科で診てもらって欲しいんだよね。べつにうちの病院じゃなくていいんだから」

「わかった、言っておく」

平静を装いながら会話を続けるのも苦痛になってきた。ジーンズのポケットが気になって仕方ない。この出版社には、半年のあいだに三本送った。初めての返信だが、良い報《しら》せという気はしなかった。封筒を開くのは億劫《おっくう》なくせに、わずかでも期待している自分が鬱陶《うっとう》しい。

少しだけ、紗弓の視線を逃れたかった。テルの話は気詰まりだ。生活できるだけの収入がない夫に呆けた姑までついてくるのでは、いくらおおらかな女でもたまらないだろう。親の反対を押し切って籍を入れた手前、同じ市内にいるというのに紗弓は滅多に里帰りもしない。女房が哀れなのか、信好自身が哀れなのか、うまく気持ちを落ち着かせることも難しかった。

紗弓の母親から、いっそのこと同棲《どうせい》のままで、と切り出され、戸惑う前に言葉にならない敗北感を味わったが、父親がとりなして紗弓の強情が通った。あのときは、無職の時間がこんなに長くなるとは思わずにいた。

実家と行き来を断って一緒になることも出来た。しかし順番は守りたいという紗弓の願いを叶《かな》えたい信好の気持ちもまた、どこか強情だった。

——結納とまでは言いません。せめて安定した仕事だけでも何とかなりませんか。

挨拶《あいさつ》だけはと出向いた日に紗弓の母親はそう言って信好に詰め寄った。

予想していたこととはいえ、何年経《た》っても腹の底は冷えたままだ。映写技師が安定しない職業になって久しい。いまの信好は、職場を選ぶゆえの無職であった。

テルの奢りの鰻を喜んで平らげたことが、今日の重荷になって胸に沈んだ。

テレビのあたりを見ると、レンタルビデオ屋の袋が置いてある。踏まれそうなこおろぎを逃がす心やさしい女を、豊富な映画の話題でじわじわ絡《から》めた日々を思い出した。

「映画、借りてきたの？」

「そうそう、帰りにちょっと寄ったの」

手にとって、中にあるDVDのタイトルを見た。『愛と追憶の日々』『シェルタリング・スカイ』『デブラ・ウィンガーを探して』の三本だった。

「これ、ずいぶん偏《かたよ》ってないか」

「同じコーナーにあったんだよ。いつだったか、その女優さんが好きだって言ってたでしょう」

まだ映写技師を名乗ることができたころだ。映画の話をしていると時間を忘れたし、紗弓も喜んで聞いていた。金がないのですぐにお互いの部屋を行き来するようになり、そこに遠慮や駆け引きが入り込むこともなかった。あれはあれで良かったと思うものの、男と女としてはなにか大事な過程を省略してしまったような物足りなさも残っている。

「どれから観ようか」と紗弓が訊ねてくる。信好は少し迷って『シェルタリング・スカイ』にしようと答えた。「母親」や「潔《いさぎよ》い引退」といったテーマに触れずに済むのは、砂漠の景色と男女の倦怠《けんたい》しかなかった。

もう少しでお湯が沸くというので、急いで手洗いに立った。個室で封を開け文字を追う。便箋《びんせん》には丁寧だがはっきりとした拒絶がしたためられていた。

——前回、前々回にお送りいただいたものも拝読いたしました。改めて、ご存命の映画監督を評することの難しさを感じつつ、しかしその熱意には敬服しております。ただ、このたびは残念ながら当社では貴殿のお原稿をかたちにすることが出来ないという判断に至りました。今後のご健筆を心よりお祈りいたします。貴稿の返送をご希望の場合はどうぞ遠慮なくお声がけくださいませ。


急に息苦しくなってきた。個室の壁が自分に向かって四方から迫ってくるような気がして、慌てて水を流した。便箋を封筒に戻し、またポケットに入れる。差出人には、信好が送りつけた原稿が何部もコピーされたうちの一通と分かっているのだった。同じものをあちこちに送りつけて、あわよくばちいさな仕事のひとつも、という魂胆を見透かした上で原稿を返して欲しいならば言ってくれと書かれてある。

丸まってしまいそうな背中を反らし気味にして、居間に戻った。

台所では紗弓が、ゆであがった麺を冷水で洗っていた。信好は邪魔にならぬよう、戸棚から大きめの皿を二枚出して狭い調理台の上に並べた。手際《てぎわ》よく水を切り、皿の上に麺を分け入れる。いつも信好のほうが少しだけ麺が多かった。きゅうり、ハム、錦糸卵《きんしたまご》、と載せながら、紗弓が「あ」と手を止めた。

「もしかして、お昼も麺類だった？」

「いや、今日は親子丼《おやこどん》」

「あぁよかった」

咄嗟《とっさ》についた嘘《うそ》が、次々と綻《ほころ》びを連れてきそうだった。急いでDVDをセットして、再生ボタンを押した。聴き慣れた映画音楽と赤い砂の景色が画面に現れる。テーブルに皿を置いたあと、冷蔵庫から紗弓が発泡酒の缶を二本持ってきた。

「やっぱり、ごまだれは美味しいよね」

食べ終わる頃、テーブルにもうひと缶ずつ発泡酒が並んだ。一日二本とは贅沢《ぜいたく》な、と思いながら隣に座った紗弓の、洗い立ての髪の匂《にお》いを嗅《か》いだ。

「わたし明日、休みなんだ」

短く告げた妻の頭を左腕で包み込み、避妊具の残りを思い浮かべながら引き寄せた。

紗弓は翌週の日曜にテルからの電話がこなかったことを気にしていたが、信好は知らぬ振りを続けた。このまま連絡がなければ、正直ありがたい。足腰の痛みには本当に鰻が効いていると信じたかったし、やはり仮病だったという確信もある。耳は本当に遠くなっているかもしれないが、呆けたふりをしてこちらの気を引くつもりなら、毅然《きぜん》と突き放そうと決めていた。

なにかあれば連絡が来るだろうと高をくくっていたが、火曜日の朝に電話でテルの死を告げられるとは思っていなかった。

一一九番にテル本人から、ひどいめまいがするから来てくれという要請があったという。救急隊員が駆けつけたときは既に意識がなく、搬送先の病院が息子の電話番号を知るころにはすでに息を引き取っていた。経過も説明も、あっさりとしたものだった。

立ち上がりぐるりと居間を視界に入れた。テレビラックの上には新たに借りてきたDVDの青い袋、テレビの後ろにはあまり開けたことのないレースのカーテン、壁には紗弓の出勤と休みを書き込んだカレンダー、戸棚、朝使った食器がそのままになっている台所。そして信好の膝の高さに、テーブル上のノートパソコンがあった。開いた画面には、書きかけの脚本がある。

いつまで経っても噛《か》み合わない呆けた母親と息子の会話を書き終えたところだ。脚本のラストは母親の車椅子《くるまいす》を押して歩く息子の後ろ姿で終わる予定だった。

信好の現実は、思い描くなめらかな話運びにならなかった。

ふっと全身から力が抜けた。テルはどうして、本当に具合が悪いときに息子を頼らなかったのか。両肩が、一気に十センチも下がった気がした。Ｔシャツの内側に冷たい汗が流れる。急いでシャツを脱ぎ、両腋《わき》に制汗スプレーを吹きつけた。ものごとの優先順位がわからなくなっている。風呂場《ふろば》に干してあるＴシャツを着て、帆布のバッグを袈裟《けさ》掛《が》けにする。原稿をフォルダに保存してパソコンの電源を落とした。

風の音をひとつ残して消えた画面に、自分の顔が映り込んだ。改めて見る己の顔に、テルの不機嫌な表情が重なった。自分は母親似だったらしい。

暗い画面に視線を落とし、紗弓の携帯にメールを入れた。

〈母さんが死んだようなんで、江別に行ってくる。親父《おやじ》のときの段取りを覚えているから、大丈夫だ。こっちのことは心配しなくていいから〉

紗弓からの電話を受けたのは、病院の廊下で葬儀会社と打ち合わせている最中のことだった。自分でも驚くほど平たい感情で事を進めている。

「いまメール開いたの。お義母さんのこと、本当なの？」

「うん、いま葬儀屋さんと打ち合わせしてる。死亡診断書じゃなく、検案書になるらしいんだ。手続きに必要な書類が整ったら火葬する。そういうプランで頼んでる」

「そういうプランって」

「お花とかお経とか、そういうことは最小限で、火葬場でおこなう葬儀があるんだ」

それがいちばん安い、という言葉をのみ込んだ。すぐにこちらに向かうという紗弓を止めた。来てもすることがないので、そのままいつもどおり過ごしてほしいと告げる。

紗弓が言葉を切った。一秒、二秒——ちらと横目で見ると葬儀屋が手帳になにか書き込んでいる。つむじのあたりがかなり薄い。家族葬儀専門の個人経営だと聞いた。

紗弓は低めの声で「わかった」と言った。

「わたしにも出来ることあると思うの。そこはちゃんと言って。無理はしないでね」

「ありがとう、じゃ」

やりとりは聞こえていたはずだが、葬儀屋はなにごともなかったように、話の続きを始めた。同じ建物の中にテルの亡骸《なきがら》がある。いまはそこがすべての中心であるのに、信好の気持ちは母から逸《そ》れ床の石模様をなぞっていた。呼吸を止めているのはこちらではないかと錯覚する。

「それでは諸手続きを終えまして、火葬許可証発行後に当社がご遺体をお連れするということで。ご遺族様のご都合と火葬場の空きで調整したあと、日時を決定するということでよろしいでしょうか」

「お任せします」

テルの死に顔は生前と変わらず不機嫌そうだった。体の内側になにを抱えていたのか、紗弓の言うとおり無理にでも検査に連れて行けば良かったのか、札幌のアパートに戻る電車のなかで考えた。が、それも心の帳尻《ちょうじり》を合わせる儀礼に終わった。

帰宅し、食卓を前にしても、母親が死んだという実感は湧かなかった。

「わたしも行く」と紗弓が言う。信好は「だいじょうぶだ」と返す。そんなやりとりを二回したあと紗弓は黙った。ほんの少し申しわけないという気持ちも湧いてきて、ひとこと添えた。

「実感ないからさ。このままでいいような気がするんだ。いつもみたいに送ってくる」

恰好《かっこう》つけすぎたろうかと反省しながら、笑みまでこぼれてくる。信好がそう言ったあと、紗弓は葬《とむら》いの一切に口を出さなかった。

実際信好も、いつもどおり電車に乗って病院に連れてゆくくらいの感覚しか訪れないのだ。亡骸を見たときの心の平坦《へいたん》さに、罪悪感を覚えることもできない。

肉親を失ったことを積極的に悲しめないことも、紗弓を遠ざけることも、「ひとり」

への前触れではないか。そう思うことで心の置き場所を探していた。どこかまだ、誰かを演じているような感覚から逃れられないままだった。

「二時間ほどで、お声がけいたします」と係員が告げた。

テルの体を焼いているあいだ、信好は火葬場のロビーでふかふかと沈むひとり掛けの椅子に座っていた。ロビーは静かで全面硝子《ガラス》張りだ。磨き込まれた硝子の向こうはほとんどが空だった。

薄い水色を何度も何度も重ね塗りしたような色の空に、ひとすじ飛行機雲が立ち上っていた。どこへ向かうのか、空を真二つに切り裂こうとでもしているようだ。

上へ上へと伸びてゆく雲の先は鋭いが、地平に近い場所から霞《かす》み始めていた。テルが不機嫌な顔のままどこへ行くものか、ぼんやりと夏の終わりの空に問うてみる。

空は水色を重ね、自分は嘘を重ね続ける。先週の月曜日に、呆けて見せたのも、テルのちょっとした悪戯《いたずら》だったのかもしれない。

涙は出なかった。こんな場面はずいぶん前から予感していた気がするのだが、これも自分につく嘘ではないかと思う。泣きかたを思い出すのにさえ時間がかかりそうなのだ。

飛行機雲が加速をつけて空に滲《にじ》んでいた。やがて風に負け、全体が息を吹きかけたようにかたちを失った。

信好は、ロビーから見えるだだっ広い空に解《ほど》けてゆきそうなテルとの時間を振り返った。誰に慰められることもなく誰を慰めもしない時間だった。

母は無事に「あの世」へ行ったろうか。やはり「かなしい」というのとは違うようだ。

紗弓にこんなところを見られなくて良かった――

ひとりで送りたいという言葉の意味が、見栄だったかと思うと笑えてくる。こんなとき、ひとりならば泣いても笑っても咎《とが》められない。

ただ青いだけの空を見ていると、だんだん自分もあの夏の夜に逃がしてもらったこおろぎの一匹だったような気がしてくる。

あぁ、と合点がいって、同時にテルの声が重なった。

まぁ、こおろぎを――

涼しい羽音で、抱えきれぬほどの嘘を夜に響かせる、夏の終わりのこおろぎだった。

家族旅行

ジーンズと綿のシャツに着替えたところで、携帯電話が震えだした。

紗弓は急いでロッカーに手を伸ばす。職員休憩室には、紗弓しかいない。信好からだろうと画面を見て、その手を止めた。

お母さんか――

急に携帯が重たくなる。休憩室の壁に貼《は》られたカレンダーを見た。紗弓の誕生日が近づいていた。着信ボタンを押すと、真っ先に飛び込んできたのは驚きの気配だった。

「珍しいね、紗弓が電話取るなんて」

「いま、仕事終わったところだったから」

「仕事時間以外でも、ほとんど出ないじゃない」――

うんざりするような内容から始まる会話が嫌で、母からの着信は滅多に取らない。

仕事中に五回の着信があり、あわてて折り返した際の用件は「同棲《どうせい》は仕方ないけれど入籍はやめておくように」だった。信好を紹介した日から、何度も言われたことだ。自分から積極的に連絡を取らなくなってから四年が経《た》った。

紗弓の誕生日に籍を入れたので、その日は夫婦の祝い事が重なる。あの頃は祝い事も一度で済めば、信好の気遣いが減ると思った。

実家に呼ばれたときは紗弓ひとりで行く。それも信好には伝えないまま終わらせることが多い。紗弓と会うと最初はよそよそしく振る舞う母だが、一時間を過ぎるころから次第に言葉に棘《とげ》が混じるようになる。信好の話題では気まずくなるのが分かっていながら、ちりちりと紗弓の痛いところを突いてくるのだ。夫の仕事のことを訊《き》かれると、自然と頬が強《こわ》ばってゆくのがわかった。母に好き放題言われ続けると、この世の果てにひとりで佇《たたず》んでいるような気分になる。信好に相談できない事柄は、心の負担でしかなかった。

紗弓はひとつため息をついて、用がないなら切りたいと告げる。ちょっと待ちなさい、と母が引き留めた。紗弓の視界は急に狭くなり、無意識のうちにカレンダーに据えられた。

「次のお休みに、定山渓《じょうざんけい》に行きましょう。お父さんが紗弓に会いたいって。もう七十ですって、信じられない。そっちの誕生日はふたりでお祝いするんでしょうから、優先順位は後でかまわないけど」

父と紗弓の誕生日は同じだ。短大を出た母が卒業と同時に結婚した相手は、年齢がひとまわり以上はなれた助教授だった。授かった子供を、父の誕生日プレゼントと決めて本当に当日に産んだ。思い込みの激しさで、母に勝るひとを紗弓は知らない。

「来週の金曜なら空いてるけど」

「わたしたちは二、三泊と思ってるんだけど、紗弓は最初から最後までつき合うのは無理なんでしょう」上げた語尾がくるりと宙返りする。

「できても一泊かな」

「まあいいわ。じゃあ、金曜日に紗弓が来るってお父さんに伝えておく。ありがとう」

棘ばかりの会話でも、父にこっそり「お母さんはさびしいんだよ」と耳打ちされるとそうそう邪険にもできない。実家へ帰ることが重荷になってからも、父だけは一人娘の不在を許してくれている。父が紗弓の携帯に直接電話を掛けてくることはない。心優しい父は、母を仲間はずれにすることがしのびないのだ。自分が幼いころから、母だけが変わらない。心が透けて見える表情も、表現のきつい言葉も、加齢によって丸くなるということがなかった。

ナース服をハンガーに掛けて、ロッカーの鍵《かぎ》を閉めた。ため息を吐《つ》くたび、慌《あわ》てて下に向いた視線を持ち上げる。この夏に母親を失った信好に、心の曇りを報《しら》せるような顔は見せたくなかった。母を批難などできない。残念なことに、紗弓の意地っ張りなところは母に似ている。

市立の総合病院を辞めて外来のみの個人病院へと職場を替えたが、信好といられる時間は確保できたものの収入は落ちていた。節約も最初のころは趣味にすればよしと思っていたけれど、月給のほとんどが生活に消えてゆく日々が続くと心が荒《すさ》むのか、ときおりやりきれない思いに襲われる。そんなときは信好の心の負担のほうが大きいと言い聞かせる。財布の負担くらい、と思うことで降りかかる感情のほとんどを散らしている。

いつまでこんな感じかな――

子供を持つことも躊躇《ためら》うような日々が、期限付きではないことが気がかりだった。十月四日で、三十六になる。すっかり暮れた夜に一歩踏み出した。円山《まるやま》の街に吹く風に枯葉のにおいが混じり、見上げれば夏の星座は姿を消していた。

紗弓が勤める「円山内科胃腸科クリニック」は、大学病院を退職した院長が余生をゆったりと過ごすつもりで開業した個人病院だった。ナースは各種保険付きのパート勤務。紗弓は常勤で、サポートはほかのふたりで回している。みな家庭持ちなせいで、職場以外のつきあいがほとんどないのはありがたい。

職場から徒歩三分の地下鉄円山公園駅から東西線に乗り白石《しろいし》駅下車。駅から紗弓の足で徒歩十三分のところに今のアパートがある。通勤にも便利で静かな場所だが、居間と寝室と水回りのみというシンプルな間取りに暮らす人々は、ほとんどが独身者だった。

母とのつき合いがいっそう億劫《おっくう》になったのは、何気なく放たれた彼女のひとことだった。

「それって、ヒモって言うんじゃないの」

たとえ他人にそう見えても、と唇を嚙《か》んだことで、より母が遠くなった。初めて彼女を「他人」という括《くく》りで棚に置いた。あの日父はやんわりと「それは言い過ぎでしょう」と言った。

年を重ねるごとに、誕生日がかなしくなる。それは加齢のさびしさなどではなく、ごくごく近い将来が見えないという、自分の両肩にのしかかるはっきりとした不安だった。

いつまでこんな、という自問なのか呪文《じゅもん》なのかわからぬ繰り返しに飽きるころ、自分たちが住む部屋の明かりが見えてくる。ふたりの住まいは二階建て賃貸アパートの二階左端だ。同じような建物が道なりにずらりと並んでいる。電車に乗る前よりも、星が多くなっていた。信好は部屋にいるようだ。肩に提げたバッグから携帯を取り出して短いメールを打った。

〈ただいま〉のあとすぐに〈おかえり〉という返信がくる。信好は食卓に置いたノートパソコンを閉じて、夕食に用意していた皿を並べ始めるだろうか。今夜は味噌汁《みそしる》なのか、コンソメスープなのか、メニューはいったい何だろう。

ひとつ楽しみを見つけたら、ささやかなのか壮大なのか考えないところが紗弓のいいところだと彼は言う。初対面の紗弓に真剣なまなざしで「あなたいいひとだな」とつぶやいてしまってひとり慌てていた信好の姿が過《よ》ぎる。夫の言う「いいひと」が、紗弓の性分のどこに向けられているのかを問うたことはない。突然そんなことを言ってしまった自分に慌てる男もたぶん「いいひと」なのだと、笑い返したのだった。

信好が用意してくれる夕食は自分の「いいところ」への評価だった。ふたりで食べる夕食は、目の前にありながらあまりにも近くてよく見えなくなっている生活の問題に蓋《ふた》をしてくれた。

玄関のドアノブに手をかけ、両方の口角を思い切り持ち上げる。帰宅前の儀式だった。いつも元気な紗弓でいるために、己に課した決めごとだ。

「ただいま」

部屋いっぱいにコンソメのにおいが漂っている。

「今日はなに？」

「水餃子《すいギョーザ》入りコンソメスープ。味見しなくてもいいかい」

うん――出会ったときからこの声が好きだった。耳と心にやさしくて、押しつけがましくない語調と絡《から》まりあうと、ずっと聞いていたくなる。

紗弓の、言いたいことをすべて口にすると却《かえ》って傷ついてしまう癖は子供のころから直っていない。思いはできるだけ仕舞っておきたい。信好といるとそれができた。そしてまさにこの、過剰な言葉を欲しない生活の静かな幸福感が、母に上手《うま》く説明できないのだった。

親には親の、条件と都合がある。母はたぶん、狡猾《こうかつ》な表現を好まぬゆえに直線的なのだ。自分に正直、とはなんと言い得て妙な表現だろう。正直の矛先ひとつで、ひとはいくらでも残酷になれる。母の口から「ヒモ」という言葉が飛びだしたときには気づかなかった。思っていて言わないよりはましなのだろう。思っていても口に出さないのはたぶん、あわれみだ。

なにを思っていても、とりあえず口角は上がっている。深めのカレー皿に、数えながら餃子を入れる信好の背後にまわった。IHヒーターの前に移動した夫を、後ろから抱きしめた。照れるわけでもなく、呆《あき》れるでもなく、信好はいつも紗弓の行動を肯定する。そして紗弓はつい、この寛容さがこの世でたったひとり自分だけに向けられていることを祈ってしまう。

ヒモの二文字に引きずられ悲しい顔をしてしまいそうなときは、後ろから抱きしめるのがいちばんだ。こうすれば、顔を見せずに済む。

秋を迎えた温泉街は、赤や黄色に染まる渓谷の景色が暮れかかる空によく映えた。母が選んだのは、食べ物と大浴場に贅《ぜい》を尽くしたヨーロッパ風の隠れ宿だ。フロントで到着を告げるとすぐに、父と母がロビーにやって来た。今日だけ三人で泊まれるよう和室を用意させたのだと自慢げに言う母の横で、父が変わらず微笑《ほほえ》んでいる。年と棘を増やし続けている母とは逆に、父の皺《しわ》はいよいよ優しく下降する。意固地なところがほとんど見えない。毎年、母よりも父の態度に「困ったな」と思う。この包容力の前では、こちらも素直にならざるを得ないのだ。

「部屋に荷物を置いて、お風呂《ふろ》に行きましょうよ。やっぱり評判の宿はいいわあ。アメニティはぜんぶロクシタンですって。手ぶらで行ってもだいじょうぶ。エステの予約もしておいたから、今日だけは贅沢していいのよ」

うんざりしかけたところへ父が滑り込んでくる。

「今日だけ、は失礼ですよ春香《はるか》さん」

「そうかしら」

「ええ、失礼です」

エレベーターのドアが開くのを待ちながら、父の言葉を理解したふうもなく口をへの字にしている母を見た。母の向こう側に父がいる。感情があるようなないような、優しいがいつもどこかつかみどころのない気配を漂わせているひとだった。館内に漂うハーブの香りが、きつくなく甘すぎもしないところで父に似合っている。去年より少し白髪が増えているが、顔色はいいようだ。父と同じ誕生日に生まれたことが、紗弓のひそかな自慢だった。

渓谷側に面した部屋は和室付きのセミスイートだ。贅沢という言葉がぴったりの広さと静けさだった。信好とふたりで泊まることが出来たら、と浮かんだ思いを急いで打ち消す。

父は、母を仲間はずれにしたくないという理由でほとんど電話をかけてこない。実は父も母と同じくらい不器用な性格ではという思いが浮かび、慌てた。

「紗弓、お風呂行こうよ」

母の声が一オクターブ上がった。うん、と頷《うなず》いてバッグから洗面道具の入ったポーチを取り出す。

「普段使ってるものは要らないの。エステもあるんだから、下着だけ持ってね」

素直な声を心がけて「はい」と返した。

隠れ家を意識して作られた脱衣室はそれぞれのロッカーに衝立《ついたて》があり、ひとつずつ広めのブースになっている。ロッカーナンバーは隣だが、お陰で母の横で下着を取ることなく済んだ。一緒にいるほどに気詰まりは増して、もう言葉を選ぶのさえ面倒になっている。

花の香りが漂う広々とした洋風浴場《スパ》へと入った。ジャグジーに低温風呂、アロマバス、ジェットバス。湯船にはひとりふたりと先客がおり、シャワーブースも空いているのは半分だ。湯船側にある端のブースを見つけた母が、急いでアメニティグッズを置いた。場所取りを遠慮するようにという貼り紙はどこにもないが、静かに湯を楽しむ先客たちにとがめられはしないだろうか。

五十代後半になった母を風呂場で見るのも残酷なことだった。背中の皮膚が下へと流れ始め、ウエストから尻《しり》にかけての線に瘤《こぶ》のような段がついている。

母が見る紗弓の裸は、忌々《いまいま》しい若さと優越感に包まれているのだろう。いま現在の二十一歳という年齢差は、若くして子供を産み更年期を迎えた母を余計に傷つけている気がする。お互いに無意識を装《よそお》うことができるぶん、残酷な年のひらきだった。

紗弓はシャワーブースを避けて念入りにかけ湯をしたあと、ジャグジーに入った。ひとあし遅れて母も立ち上る泡の中に体を沈めた。

「なんで座る場所を決めてから入らないの」

空いてるところを使うからいいのだと言っても、不思議そうな顔をするばかりだ。視線の先に母がタオルを置いたブースがあった。上品な花の香りが漂うなか、母の行動はまるで銭湯の場所取りだ。

ジャグジーの先客が立ち上がる。長い脚の女だった。ジャグジーから出て行く際に目で追わぬよう気をつけた。ふと、ここにいる女たちが持つ「品の上下」にはどんな線引きがあるのかと考える。浴室内をバレリーナのように歩く女たちはみな表情が気高くて、タオルで体の前を隠す相手も理由もないように見えた。なんの屈託も見せずに母が言う。

「誕生日はどこのお店でお祝いしたの？」

「職場の近く」と嘘《うそ》をついた。家でジンギスカン、その日だけは発泡酒ではなくビール、コンビニで評判のクレープケーキなどと、本当のことを並べたら大変なことになる。母と一緒にいると、突つかれるような不用意な発言を避けるだけで精いっぱいだ。

「今日こっちに来ること、旦那《だんな》様はなんて言ってた？」

「別になんとも。わかった、って」また嘘をつく。

「よろしくとか、すみませんとか。あのひと、そういうことは一切言わないんだねえ」

思わず見た母の、額の生え際《はえぎわ》に太い筋の白髪が伸び始めている。母は自分が意地の悪いひとことを放ったとは思っていないふうだ。

「言ってたよ、もちろん。あたりまえじゃない」更に嘘を重ねた。

今ごろ信好は自宅で脚本の大詰めに入っている。ひと晩くらい自分が留守にしていたほうがいいのだと言い聞かせて、今夜は新しく始めた夜勤のバイトという嘘をついた。

「あちらのお母さんは、調子どうなの」

去年も同じ質問をされて、病院通いをしていると短く告げたのだった。会わせる機会がなかったことを悔いても始まらなかった。この夏、信好がひとりで葬儀を終えたことをどう伝えたらいいだろう。紗弓は気泡に体を持ち上げられそうになりながら、おそるおそる「亡《な》くなったの」と告げた。ジャグジーの音がいっそう大きく感じられた。

「え、どうしてるって？」

容赦ない聞き返しにもう一度同じことを言った。母はぴんとこない様子で、湯船の一段高くなったところに腰掛けた。

「なくなったって、まさか死んだってことなの」

思いのほか、浴室に声が響いた。隣の浴槽から上がりかけた客がこちらを見た。視線に気づかぬふりをしながら、上半身を更に低くして気泡に隠れた。いったいいつなのかと問われ、八月と答えた。もう二か月が経とうとしている。

「どういうことなの、それ。あなたたち、いったいどういう暮らしをすればそんな不義理が出来るようになるの。それってなにか違うんじゃないの。わたしたちにお線香の一本もあげさせないで、恥をかかせてどうしようっていうの」

母の怒りは、自身が発する言葉によって更に増してゆくようだった。言いたいのは姑《しゅうとめ》の死を黙っていたことではないのだ。いまここで伝えることでもなかったのだと、紗弓は自分の迂闊《うかつ》さに歯がみした。

湯船では背中から足下から、次々と新たな泡が生まれはじけている。

「黙ってないで、説明してちょうだい」

母の目がつり上がった。できるだけ見ないようにして言葉を絞る。いいわけを、いいわけにならぬよう口にするのは難しい。

「八月に入ってすぐ、連絡がきたの。救急車で運ばれて、すぐのことだったみたい。毎週病院には通っていたんだけど、整形ばかりで内科には行ってなかった。亡くなったことも、葬儀らしいことは一切しなかったことも、誰にも言わなかったの」

「でも、自分の娘が姑のお骨を拾うときに、その場にいない親っていったいなんなのよ」

湯あたりを起こすほど長く入っていたわけでもないのに、だんだん呼吸が苦しくなってきた。湯船の入口にある手すりにつかまり、一段高くなったところに体を持ち上げ座った。母に責められていると、自分のしたことが間違いだったのでは、とあの日の決心が揺らぎそうになる。

「お骨は、わたしも拾ってないの。けど、お互いにそれをよしとしたの」

「お互いって、誰」

「信好さんとわたし。亡くなったお義母《かあ》さんも、わたしにあまり多くを望んでなかった。彼は、面倒をかけずに逝《い》ったのだから、面倒に思わない見送りかたをしようと思ったって。だから、訊《たず》ねられない限り、誰にも亡くなったことは言ってないの」

自分も、もしかしたら信好にこの母の骨を一緒に拾ってもらうことを望まなかったかもしれないのだ。人の死で丸まってゆく角も、生きている側の都合ではないのか。

「もう、せっかくの家族旅行が台無しじゃないの」

母は勢いよく泡の中から立ち上がり、周囲の目も気にせず洗い場のブースへと入った。ジャグジーの中に取り残され、紗弓は頭の上に置いていたタオルを湯船の縁に敷いて座った。銀色の手すりに体をもたせかける。

洗い場で母が最初にするのは、共同の風呂桶《おけ》と椅子《いす》を隅々まで洗うことだった。二枚用意したタオルの一枚を使って、備え付けのボディシャンプーで椅子を洗い始める。肩や背中の動きで、いま椅子を洗うことにしか意識が向いていないのがわかる。

あぁまたやってる——

次の展開や相手の反応を予測するということが極端に苦手なひとだった。そのくせひとり娘の体調の変化に敏感で、調子が悪くなると本人より先にあれこれと考える。子供のころ、優しい女医のいる病院に、よく連れて行かれた。

女医が「お腹《なか》が痛くなったのはいつですか」と訊ねると「昨夜からちょっと顔色は

悪かったんです」と母が答えた。「腹痛のほかに吐き気や下痢などはありますか」という問いにも母が「昨日の朝から食欲が半分で、夜も同じです。今日は番茶も飲みたくないみたいで」と即答した。

小学校のころはそれがあたりまえだと思っていた。

しかしホームドクターは紗弓が中学に入ったころから、診察室に母を入れなくなった。そこで初めて、自分たちが他人にどう見えるかを知ったのだ。優しい女医はいつもより更に穏やかな眼差《まなざ》しで言った。

――なんでもお母さんに説明してもらうの卒業しようか。あなたのこと、幼稚園のころからずっと見てるけれども、そろそろ自分の言葉を持ったほうがいいと思ったの。

あの日見た白衣と、すとんと胸に落ちてきた納得――母は母、自分は自分といったあたりまえのこと――によって、医療の道へ進もうと決めたのだった。

紗弓が看護師になりたいと言ったとき、父も母もずいぶん喜んだ。母の第一声は「自分の子育ては間違ってなかった」だった。そのころは紗弓のほうも「やっぱり変わらないな」と微笑むくらいに心が楽になっていた。母を疎《うと》ましく思えるくらい大人になろうと決意できたのは、あの日の女医のおかげだった。

ここにきて紗弓の気持ちは乱れていた。信好には夜勤と嘘をつき、父と母にも外泊の理由を言ってきていると嘘をつく。これはいったい誰のための嘘なのか、考えるのだがうまい答えがでない。自分のためと認める材料も足りていなかった。

母が風呂桶と椅子を洗い終えた。いま使ったタオルをあきれるほど洗い、きつく絞って鏡の前に置く。風呂桶にお湯を溜《た》め、新しいタオルをしっかりと泡立てて、右の首筋から丁寧に洗ってゆく。なにもかもが紗弓の幼いころと変わらない。

離れたブースで、急いで体と髪を洗った。母が、自分の使ったあとの風呂桶と椅子を、使う前ほどに丁寧に洗わないことも知っている。浴室から出るときは意外なほどあっさりしていることに、最近は反感も覚えなくなっていた。

ブースを出て、三十八度というデジタル表示のある湯船にひとり体を沈めた。先客は半分に減っている。先ほどのやりとりを湯に溶かしてから上がろうと思った矢先、背後から母の声が響いた。

「十分後にエステの予約してあるから、急いでね」

湯船ごと揺れた気がして、慌てて縁に手を伸ばした。

その夜の食事は個室で道産食材のコース、ワインは赤白ともに三笠《みかさ》のワイナリーのものだった。居心地の悪さを父に悟られてはいけない。紗弓は精いっぱいの笑顔でテーブルの向こうにいる父と母にワインを注いだ。

エステでマッサージを受けたあとの母は、ジャグジーでのやりとりなどなかったように機嫌が良かった。娘が注いだワインを旨《うま》そうに飲み、家での父の様子を楽しそうに語っている。笑い話のほとんどは家の中のことだ。

母が風邪で寝込んだ際、一日の食事作りを任せたら味付けしたものがひとつもなかったこと、卵のゆで時間を間違ってひどい固ゆでだったこと。楽しそうに話す母の横で、父は常に笑っている。母はもう、信好の母が亡くなったことを忘れているのかもしれない。

「あのときは、どれも美味《おい》しかったと言ってたはずだけど。のど元過ぎると忘れるのはお母さんのいいところでもあるねぇ」

健康維持は早寝早起きと言い切る母にとって、夜の八時はもう眠る準備に入る時刻だ。夜勤を理由にひとり暮らしを始めたころのことを思い出した。アパートを借りると告げた紗弓の前で、母は驚くほど取り乱した。

わたしたちを捨てて行くつもりなの——問うた母に、なにも言えなかった。

父が持っていたグラスを置いた。

「紗弓のほうは変わったことはないかな。信好君は元気でいるのかい」

「うん。変わらない、なにも」

「今年は彼も一緒にどうかと思ったんだが、残念だったね。地方の仕事じゃ仕方ない」

視線が母へと向きそうになるのを必死で押しとどめた。父が信好も誘うように告げる際に母がどんな顔をしたのかまで想像できてしまう。

「ごめんなさい」

「来年といわず、年内に一度会う機会を作れないものかな。お互いに構えていてもいいことはないだろう。節目は必要だと思うんだ、この年になると。七十は案外幼かったというのが、正直な感想だけれどもね」

考えてくれないか、という父に「ありがとう」と短く返した。できるだけ母を見ないようにするのが精いっぱいだった。ドルチェのワゴンがやってきて、コースの終わりを告げる。

恵まれた土地の食材は、手を加えないこともまたひとつの料理となるようだ。それでも紗弓は、信好の作る国籍不明の夕食が好きだったし、彼が手を加えれば油揚げひとつも嬉《うれ》しい。

ふたりを見ていると、信好との時間がひとときは曇った。自分はこんな時間にたどり着けるだろうかという不安が肌の間際まで押し寄せてくる。

「じゃあ、お部屋に帰りましょう」

母が宴の終わりを告げた。紗弓はそのまま三人で部屋に戻るのが気詰まりで、風呂に寄ってから戻ると告げた。

「エステとお酒で血行が良くなってるし、ぬるめのお湯にさっと入って戻るから」

エレベーターの外でふたりに手を振る。扉が閉まると途端に心細くなった。ひとつの嘘がもうひとつまたひとつと、嘘を連れてくる。頭ではわかっていたことも、いざその壺《つぼ》に入り込んでしまうと、抜け出す方法がわからない。

浴場へ向かっていた足を、ロビーの横で止めた。明かりを絞ったラウンジがあった。ひっそりと暗い森に、いきなり現れた山小屋みたいだ。壁の棚には本の背表紙が並び、ハイバックのソファーやゆったりとした一人がけの椅子が少しずつ角度を変えて、洋風の大きないろりを取り囲むように配置されている。時季が来て火の気を含むと、古城のサロンみたいになるだろう。

一段高くなったところに、絨毯《じゅうたん》が敷かれていた。履き物を脱いで上がるらしい。建物に入ってすぐの場所にあるというのに、やってきたときは気づかなかった。

居場所がなくなった人間の立ち寄る場所に見えた。こんなに贅沢でかなしい処《ところ》も珍しい。紗弓は隅に置かれた一人がけの椅子に腰を下ろした。いつか立ち寄った旭川家具のショールームで見たことがある。数ある椅子の中でも、とりわけ曲線の美しさに目を奪われた作品だった。

贅沢な空間だ。暮らしのにおいがしないばかりか、水の音も車のブレーキ音も隣近所の怒鳴り声も聞こえてこない。肩の力を抜くことに、更なる力が必要とは思わなかった。ため息をつかぬよう気をつけていた喉《のど》の奥から、小石がひとつ胃の腑《ふ》へと落ちてゆく。椅子はしっかりと紗弓の腰を支え、無駄に沈み込むことがなかった。

携帯を持っていたとしても古いメールを読み返すだけで、信好に連絡できる時間ではない。夜勤のバイト中ということになっているのだ。この時間にメールを打てば却っておかしい。なにを措《お》いても保っていたいふたりの平穏が、本当に意味のあることなのかどうか考える。

両方のこめかみに手のひらをあてて、誰かに今日ついた嘘の許しを請《こ》いたくなる。謝れば許されると思う心根がすでに狡《ずる》い。

紗弓――

穏やかな声が降ってきた。顔をあげると、父がいた。

「先客がいたとはなぁ」

父は昨日の夜中に自分が座っていた席に娘がいたことを、素直に驚きながら照れている。

「魅力的な椅子ばかりのなかで、この一脚だけ妙に目についてね。昨日座ってぼんやりしているときに、きっとこの席はいちばん人気だろうと思ったら腑に落ちたんだな」

「けっこう目立たないと思って、なんとなく座ったんだけど」

「目立たないように目立ちたい椅子ばかりのなかで、これは本当に自己主張のない場所に置かれていたんだよ」

常夜灯がいくつか床に輪を作っているのだが、言われてみればそれぞれの椅子は他を意識しないよう心がけている。父が選んだ椅子と、自分が座っている椅子が同じだったことに、またなにか意味を探してしまいそうになる。父が、本棚の前にある移動可能なスツールを寄せて座った。潜めた声が、ぎりぎり届くくらいの近さだった。

「さっきお風呂に行こうと思ってたら、ここを見つけたの」

「信好君のお母さん、亡くなったと聞いて驚いた。結局、一度もご挨拶《あいさつ》できなかったね」

「ごめんなさい」

「信好君がそうしたいと言ったのなら、それは亡くなった本人の意向でもあったと思うよ。紗弓はまさか、ずっとそのことで悩んでたのかい」

返す言葉はない。頭上からまっすぐに降り注ぐ夏の霧雨に似て、父の声はとても柔らかだった。

「お母さんは義理を欠いたと言うけれどね、それは彼女の価値観だから、家庭を持った娘と考え方が食い違うのは仕方ないことだと思うんだ。常識と感受性の間で悩むとも、大人として生きていく上では大切だからね。お母さんの言葉に、お前があれこれと思い煩《わずら》うことはないんだよ」

「でも、亡くなったことを今日わざわざ言う必要もなかった気がする」

父は少し間をおいて「時機ってのがあるさ」とつぶやいた。

「いずれわかることだろう。今日で良かったと思えるのがいちばんだよ」

「お父さんみたいに、達観できない」

達観じゃない——父はそこだけ説き伏せる口調になった。

「思い煩う時間があったら、もっと自分の喜べる方向へ頭を使いなさいと言ってるんだよ。そういう点では、うちのお母さんは見習うところが多い気がするんだ。彼女、怒っているわりにはなんだか今を楽しんでいるようにも見えるだろう」

自己主張と自己顕示の繭《まゆ》で幾重にも包まれた母を想像する。紗弓は首を軽く横に振った。

「わたしはお母さんほどつよくはないから。あんなにしっかりと自分の意見なんか言えない。厭味《いやみ》に聞こえたらごめんなさい」

「彼女、自分の意見なんぞ言ってたかい」

父が本気で言っているのかどうか、確かめたくてそっと表情を窺《うかが》った。

「お母さんは素直なひとだからね。思ったことはすぐ口に出るかもしれないが、意見は言ってない気がするんだよ。そのぶん、気まずい空気も続かなくて案外一緒にいると楽なひとなんだ。そう思うのは僕だけかもしれないが、それはそれでいいよね」

「お父さんは、優しいから」

父が母の肩を持ち始めると、途端に自分の居場所が狭くなる。なかば放るような言葉になってしまったことを、小声で詫《わ》びた。

「あのひとは、裏表がないんだよ。だから、あんまりひとに良く思われないことも多い。ただ、お父さんなりにあの性分をうらやましく思うところもあってね」

父はひと呼吸あと「取り繕うってことがないだろう」と語尾を上げた。

「あのひとの近くにいるとね、楽なんだ。多少きついものの言い方はするけれど、そこには彼女しかいないだろう？　ひとの腹を探るということがないから、僕みたいに気の小さな人間には、案外向いているのかもしれないと思いながら暮らしてる」

紗弓が両親の裡《うち》に秘めたあれこれを想像するには、まだ経験が足りないのだった。少なくとも、父は母との関係でなにかを悩んだり隠したりしない。それがふたりの長い年月を助けてきたというのなら、信好と自分はこの後どうなってゆくのだろう。溜まり続けた不安や不満、あるいは母に対する嫉妬《しっと》なのか、唇からひとつ黒々とした言葉がこぼれ落ちた。

「わたし、お母さんのことたぶん嫌いなの」

言ってしまうと、涙がこぼれ落ちた。こんなことを言う場面ではないとわかっているのに、信好に嘘をつかねばならぬさびしさが父への甘えを連れてくる。薄暗がりのラウンジで、父の顔がぼやけて曇る。ひとり娘に「母親が嫌い」と言われてさえ、彼の気配は柔らかだ。その身になにを抱えてきたのか、尖《とが》るということがない。父から降りそそぐ言葉の柔らかさに、紗弓は声を出さずに泣いた。

「いいんだよ、女の子はそれで。母親が大好きだなんて、女として次の一歩を踏み出せていない証拠でしょう。彼女のことは、紗弓のぶんまで僕が好きでいればいい。もしも彼女が娘の言葉以外のことで傷つくときは、僕が全力で守ればいいんだ」

父は「そのぶん紗弓は信好君を好きでいなさい」と言った。

人の心は誰でも好きでいられるほど器用ではないという。

「そうかな」

ごめんなさいと言いかけた紗弓を遮り、父のひとことが降り注ぐ。

「そういうものだよ」

映画のひと

根雪を予感させる降りのなかを、信好は「北の映画館」運営委員会の十二月定例会に向かった。

常に財布がさびしいせいか、ネオン街も駅前のきらびやかな明かりも素直に視界に入ってこない。携帯電話会社や風俗店のティッシュは紗弓の言いつけで全《すべ》て受け取るので、余計に心寒い。

会議は、大通公園にほど近いホテルの「北の映画館」展示室で行われる。官庁街の勤め人たちが続々と帰宅するなか信好は流れに逆らい歩いた。

会議は二十分遅れで始まった。ペットボトルのお茶を片手に「北の映画館」を訪れたひとの人数や年齢に性別、時期や曜日傾向の報告がある。公開された映画の道内ロケ地すべてを把握しているというシンちゃんが、とぼけた口調で数字を読み上げる。ちょっと下を向くと、つむじのあたりが少しさびしい。

「十一月は隣のホールで演歌歌手のコンサートが多かったので、けっこう入りました。来月はニューイヤーコンサートでオーケストラがあるんで、そこも狙《ねら》い目かな。なかなか八代亜紀《やしろあき》コンサートのときの入場者数は超えませんねぇ」

ああ、と信好も頷《うなず》く。見ればみんな当時の客入りを懐《なつ》かしむ目をしている。

「あと、ひとつ嬉《うれ》しい報告があるんです」

シンちゃんが、ちょっともったいつけながらファイルから紙を一枚取り出した。生まれてから半世紀を映画につぎ込んできた彼の喜びは、いつだって映画にまつわることだ。洋物のピンク女優の名前をさらりと百人続けて言えるのが自慢だ。信好のほうは、自分がフィルムを回したポルノ女優を入れても、せいぜい二十人か多くて三十人といったところだろう。

シンちゃんは映画の知識に加えて、そのコレクションでも施設を支えている。彼から寄贈された映画ポスターは、幼少のころから市内の銭湯を回って集めたものや給料をつぎ込んで買い集めたものだ。シンちゃんの目が垂れ下がった。

「新年のロマンス映画フェスティバル、評論家の桑元《くわもと》さん絶賛の女優、甲田《こうだ》桃子《ももこ》さんがゲストで来てくれることになりましたっ」

座がわずかに揺れた。

「甲田桃子って、なんの映画に出てましたっけ」委員会で最も若い由美《ゆみ》が言った。

紅一点の彼女は札幌の私大に通う映画ファンだが、ピンク映画は門外漢だ。ほかの五人は微妙に彼女から視線を外している。シンちゃんが嬉しそうに「僕のいち押しは『好き好き侯爵《こうしゃく》』だよ」と答えた。

「知識不足でごめんなさい。どういう傾向の女優さんなんでしょうか」

「あのね、甲田桃子の演技の最もいいのはセックスシーンなんですよ。顎《あご》から喉《のど》にかけてと鎖骨と背骨がもう、彼女しか出せない色気でいっぱいなんです」

「そうですか」語尾が上がりきらず、どこか不安げだ。濡《ぬ》れ場でもラブシーンでもなく「セックスシーン」という言い方をしたことで場が揺れているのだが、シンちゃんはそんなことには構わない。映画と寝て映画と暮らして来た男の、ここは譲れないところだ。

昼間はカーテンや織物の専門店に勤めるシンちゃんは、映画に出てくる布製品をひと目見ただけで製造メーカーと売られていた年代を言い当てる。衣装には気を遣っていても、案外カーテンまでこだわって撮られている映画は少ないという。いつかシンちゃんがひどく怒っていた映画があったのを思い出した。当時流行《はや》りの極道映画ではなかったろうか。

「東京の夜景を一望するホテルについてるカーテンで、あんなのあり得ないから。布を下げとけばいいってもんじゃないの。なんでそこを大事にしないかなぁ」

映画には映画の予算と事情がある。一日三回から四回、長いときで一か月同じ映画を見続けていた信好も、淡々とフィルムを繋《つな》いで巻き取る作業のなか、映像の嘘《うそ》を無意識に心に溜《た》めていた。それがいいとも悪いとも思わないのは、フィルムや映写機と格闘するときの自分は、間違いなく「仕事」をしていたからだ。ただの「好き」では出来ないことをしている自負もあった。それも過去のこと、という現実が信好を弱気にさせる。

末端だろうが先端だろうが「映画で食っている」と言えないことが、いま最も隠したい疵《きず》だった。正直、ハリウッド映画『アバター』がやってくるまで、映写技師の仕事がここまでなくなるとは思わなかった。あの一本で、いったいどれだけの技師が廃業したろう。

「ね、信好君のほうが詳しいよね」

いきなり名指しされ戸惑っていると、シンちゃんが眼鏡の奥から優しい笑みを投げてきた。

「甲田桃子のことは、僕より信好君が専門じゃない」

「いや、専門ってそんな。いったい何の話なの」いきなり振られて、舌がもつれた。

「コブラ座でフィルム回していたころ、彼女ポルノの一枚看板だったでしょう。今はけっこう文学作品の映画にバイプレーヤーとして出てるけど、もともとは日本ポルノ界のお宝的存在だったからね。信好君が彼女のポスターだけは回収して持って帰ったこと、僕知ってるよ」

満面の笑みを浮かべるシンちゃんに笑顔を返すのは難しかった。信好は曖昧《あいまい》にうなずいてその話題から逃げた。信好の逃げに気づいているのかいないのか、シンちゃんは数分、甲田桃子の話を続けた。

『やり逃げ』『セックスマシーン』『素股峡情話《すまたきょう》』『開脚最前線』、延々と続きそうな甲田桃子の知識に石を投げ込んだのは、地元の新聞社に勤める中曾根《なかそね》だった。

「ロマンス映画フェスティバル、目玉ゲストは甲田桃子さんですね。宣伝のほうもそこに力を入れて集客をはかりましょう。所属事務所に取材の申し込みをしておきます。イベントゲストということで、少しでも記事が大きめになるよう僕もがんばりますから」

チラシ作りは、地元出版社の和田《わだ》さんが引き受ける。和田さんは普段は温厚な紳士だが、いつか酒の席で持ち込み原稿について酷評しているのを聞いてから、とても自分が評論に手を出しているとは言えないでいた。信好は、上映会のフィルム回しと照明係だ。シンちゃんが映画会社から許可を取れたフィルムは一本。甲田桃子がバイプレーヤーに転じてからの作品だった。

定例会を終えて外に出ると、まだ雪は降り続いており気温は更に下がっていた。まっすぐ降りてくる粉雪は積もる。地下鉄大通駅へと急ぐ信好を、背後からシンちゃんが呼び止めた。

「ねぇねぇ、イベントの夜は懇親会だから、今回は信好君も出てよね」

「いつも出てませんでしたか」

「三回に一回くらい、ちょっと顔出すだけでしょう、いつだって」

シンちゃんは「絶対に出てね」と念を押して、青に変わった横断歩道へと走り出した。白い粒が街を照らすネオンや看板の明かりで夜に浮き上がる。繁華街へと消える人々が、客待ちタクシーのボンネットで溶ける雪に見えた。一杯飲み屋でなにか引っかけて帰宅する甲斐性《かいしょう》もない自分を、笑いたいのだがうまく笑えなかった。

午後十時、帰宅してシャワーを浴びた信好に、パジャマ姿の紗弓が発泡酒を手渡した。

「会議は順調だった?」

「まぁまぁ」

紗弓の顔を見るまでずっと甲田桃子のポスターを思い浮かべていたやましさが、余計に信好を無口にさせる。一緒に暮らすことに決めたときに全て処分したことも遠い記憶だ。疲れてるよね、と問われて、そうでもないと返した。

華奢《きやしや》な体にゆったりとしたフリースのパジャマを着ている妻は、どこか幼さを残しつつ艶《つや》もある。眠る前はいつも、この体をどうしたものかと考える。愛情表現の選択が少ない貧困な性を恨めしく思いながらも、触れることでしか報われない関係が夫婦かもしれぬと悲観的になる。

実際、疲れてなどいないのだ。時間も欲望も余るほどある。けれど、どちらも過剰なことを悟られてはいけない。有り余る暇によって欲望を募らせている男だと思われたなら、情けなさで消えたくなる。

『セックスマシーン』で、甲田桃子がヒモを養う風俗嬢役だったことを思い出した。

仕事で疲れて帰宅した女を、文字通り「マシーン」のような男はあらゆる手と技を使って眠らせる。不眠症の彼女は、気に入った快楽の中でしか眠れないからだ。食べて眠れば翌日も働ける。だから男はひたすらマシーンとなって女を喜ばせる。しかし風俗嬢は、とある客に恋をする。今日も明日も男が来ないかと待つようになる。そうなると自宅で彼女を待っているヒモの存在が妙に色あせてくる。好いた男が再び店を訪れて、彼女は男が喜ぶサービスをした自分に満足する。そしてその日は、ヒモの舌も指もペニスもすべて断り、静かに眠りにつく。

ある日、彼女が部屋で目覚めるところが映画のラストシーンだった。信好は半月のあいだ毎日回し続けたフィルムの、ラストシーンを軽い胸の痛みとともに思い浮かべた。

カーテンの隙間《すきま》から入り込む陽光のなか、ワンルームの床に散らばるおびただしい数の電動ペニス——

自分もあの中の一本のような気がして、ふるりと震えた。

『セックスマシーン』は、半月上映したが客足はふるわなかった。けれど、甲田桃子の主演映画のなかでは特別を付けてもいいくらいの出来だったと思う。まさか自分がヒモ同然の暮らしを送るようになるとは、想像もしていなかったけれど。

紗弓が明かりを消すのを合図に、彼女のパジャマに手を伸ばした。映画で描かれていたヒモの条件は、いきなり下半身に触れないことだった。快楽の中心に、出来るだけ遠いところから攻め込まないと、火がつく前に女がしらけてしまうからだ。

片方の手首を軽く押さえた。抗《あらが》えるくらいの自由さを残して、もう一方もシーツに押さえ込む。

耳の奥で、映画のなかの甲田桃子が囁《ささや》いた。

男と女の間にあるものって、すべてがセレモニーなんだよ——

そんなの悲しい、愛じゃないのかとマシーンが嘆く。セレモニーでいいんだという女に向かって、マシーンが体をすすめてゆく。

耳たぶに降る紗弓の吐息が荒くなった。片手を伸ばして避妊具をつまむときも、信好の頭の中は冷え冷えとしている。

すべてがセレモニーなんだよ——

信好は上り詰めるときも、頭の隅で「セレモニー」の言葉を繰り返した。


新年イベントは午後五時からのトークショーと、上映会だ。当日、信好は正午をめがけて狸小路《たぬきこうじ》の劇場に急いだ。年末よりかさを増した雪が、沿道にうずたかく積まれていた。気温が下がりきった街には除雪車と雪を積んだトラックが行き交っている。

午後一時、甲田桃子が一時間遅れで新千歳《しんちとせ》空港に着いたという連絡が入った。前日は爆弾低気圧の影響で航空機の三分の二が欠航になっていた。会場にいちばんに入ったシンちゃんは、眠れなかったとぼやきつつ目を真っ赤にして最終決定のタイムテーブルを配っている。

「信好君、昨夜はちゃんと眠れた？　僕ずっと気象情報が気になって、本当に低気圧が去るかどうか不安で不安で眠れなかったよ。甲田さん無事着いたって聞いた瞬間、倒れるかと思った」

「無事着いて良かったですね」

嬉しくないのかと問われ、そんなわけないでしょうと答えた。シンちゃんが更に「嬉しそうに見えない」と言うので、仕事のほうに気を取られているだけですといいわけをする。

今回はたった一度の上映だった。借りたフィルムを無傷で返却しなくてはいけないし、その前に、無傷かどうか確認しなくてはいけない。いずれにせよ、上映途中で失敗できない。毎日映写機に触っていた頃とは違い、多少の緊張があるのは仕方ない。嬉しそうに見えないことは、必ずしも悪くないはずだった。いい年をして、ファンでしたと過去形で喜ぶのもおかしなことだ。

シンちゃんが映写室を出て行ったあと、信好は渡されたタイムテーブルに目を通した。上映作品は『きらめきの海』、九十分作品だ。上映開始は六時半。その前にトークショー。聞き手は中曾根だ。別枠で取材を申し込んだ際に、イベントの聞き手も同じひとがいい、という申し出があったという。漏れ聞いた理由は「いろんなひとと話すのが面倒だから」というものだった。信好の内側で、甲田桃子の像が固まりつつある。

媚《こ》びず、迷わず、素っ気ない――

いいじゃないか。シンちゃんは心配性を発揮し、中曾根はインタビューと司会進行の両立に緊張している。そして俺は、と思いながら信好はフィルムのケースを開けた。関わった映画人の途方もない時間を巻き取った長い長い「業《ごう》」だ。映写技師がピンク映画で修業するのは、途中で切れてもあまり文句を言われないからだと教わった。今日はそういうわけにはいかない。最初で最後の映写で、本人を招いての失敗は許されない。

信好は六巻に分かれたフィルムとともに、映写室の内部を視界に入れた。映写機が二台、自分を待っている。たった一度の上映ならば、一本に繋がず二台を交替させての上映も可能だった。ただ、フィルムセットが六回となれば、途切れる危険は五回ある。安全策を取るか、フィルムを繋ぐ「加工」を省くか。

手間を惜しまないことに決めて、フィルムの端を持ち上げる。巻き取り機にかけてモーターを回した。左の指先にフィルムを挟み、凹凸を確かめ始めた。この作業に入ったら、六巻続けて確かめなければ気が済まなかった。カウントリーダーを外し、テールも外し、ひたすらフィルムが無垢《むく》かどうかを確かめ続ける。他人の仕事を疑いながらする作業だった。

この技術を教える際、信好の師匠は「女を撫《な》でるみたいにやれ」と言った。自分の女の体に前の男の痕跡《こんせき》を探すという、男の姑息《こそく》と小心さを笑っているのだと気づいたのは、仕事を覚えてからのことだ。

黙々とフィルムを撫でながら、傷を探す。もう、目も耳も要らない。指先に神経を集中させていると、価値が失われたように見える仕事にも、残す意味があるのではと思えてくる。一巻目に目立った傷がないのを確かめて、二巻目と繋いだ。腕時計を見ると、二十分経《た》っている。加工にかかる時間を単純計算すると二時間だった。

二巻目の途中でふと、今年の正月に呼ばれた紗弓の実家でのことが過《よ》ぎった。母親の話しぶりで紗弓が実家への出入りをためらう理由が改めてよく分かった。

──お母様が亡《な》くなっていたこと、ひとことも言わないのは驚きましたよ。ここは男がしっかりしないと、女の遠慮に甘えていてはいけませんよ。

──考えてもみてちょうだい。もしもこれが逆だったら、あなたのお母様はわたしか主人かが死んだことを知らずにいらっしゃるわけでしょう。それって、今後の夫婦関係にも影響する一大事だと思うのね。

――お正月だけれど、娘夫婦の喪の明けまではお祝い事はひかえます。今日は来てくれてありがとう。

信好は、母親が死んだことも、ここ最近でようやく自分に与えられた道の一本だったと思えるようになった。繋ぐフィルムを違えれば誰が欠けてもおかしくないのだと、時間を経て気づけるところまできた。

師匠に言わせると、結末のわかる映画が楽しめるようになったら大人の証拠で、分かっている結末を一か月間楽しめるのが映写技師なのだという。

正直なところ、妻の実家と母親の人柄は、楽しめなかった――

半日、グルメと観光といった話題に相づちを打ちながら過ごした。そんな彼女を見ても、父親は穏やかに笑っていた。不思議な夫婦だと思ったが、口に出せば紗弓が不憫《ふびん》だ。

帰宅の途中で泣かぬように努めていた紗弓のことを思い出すと、フィルムを持つ指先の感覚が危うくなる。指先から神経を逸《そ》らさぬよう、気を入れ直した。

甲田桃子が映写室に現れたのは、信好が六巻目のフィルムを巻き終わったころだった。

太い黒縁の眼鏡をかけ、エメラルドグリーンのニット帽を被《かぶ》っている。白いモヘアのセーターにダメージジーンズという服装だ。背後でシンちゃんが充血した目を輝かせていなければ、甲田桃子本人とは気づかなかった。

「初めまして。映写技師さんにご挨拶《あいさつ》と思ったんですけれど。お仕事中、失礼しました」

すこしかすれ気味の声は紛れもなく彼女だ。素顔に近い眼鏡姿は、ベテラン女優の気配を消し去り、往年のファンでも道ですれ違ったくらいでは気づかないだろう。年齢を想像させないラフな服装に戸惑いながら、信好は台詞《せりふ》とあえぎ声ばかり浮上してくる自分の思考を責めた。

「初めまして。今日はよろしくお願いします」立ち上がり、頭を下げた。

彼女が「びっくりしちゃった」といきなり笑い出したので、信好はなにかおかしなものを周りに置いていたかと辺りを見回した。

「ごめんなさい。地方の映写技師さんには、ずいぶんお世話になったから、なるべくご挨拶するようにしているんです。こんなに若い方に会うのは初めて」

「若いっていっても、もう四十になります」

同級生、と驚く表情にぱっと華やかな気配が浮かぶ。スクリーンでアップになったときの女優がいた。

「イベントが終わったら、懇親会があると伺っています。札幌で好評だった上映作品の話とか、聞かせてくださいね」

屈託なく笑う彼女につられて「はい」と返した。

じゃあまたあとで――ドアを押さえて彼女を先に行かせ、シンちゃんがにやりと笑みを残し去って行った。

トーク舞台の照明は、シンちゃんとの簡単な打ち合わせで信好が担当する。修業時代に自分を支えた映画館の照明くらい、という思いもあった。音響は、ＦＭで短い映画紹介番組を持っている由美の担当だ。

紗弓の実家に行ってから、流れてゆく時間の端々に問いが滑り込むようになった。脚本書きも映画イベントの手弁当も、好きでやっているはずが負い目を伴う。作業の手が止まる瞬間があると、それが紗弓の母親の言葉によるものなのか自分の裡《うち》にある迷いのせいなのか、責めるものの順番がわからなくなる。

これもセレモニーなのか――自問はいつも、自答によってわずかな休戦となった。

三百ある客席の、半分が埋まっていた。利益は出ないが、非営利団体のイベントとしては成功だろう。『きらめきの海』が公開当時札幌のシネマコンプレックスまでやってこなかったことや、海外の映画祭で注目を浴びたものだったことも大きい。単館劇場が次々と失われてゆく土地が持つ、観光客人気ナンバーワンの称号は薄ら寒い。自分がどこを向いているのか分からぬのは、信好ひとりではなさそうだ。景色も土地も、ゆくべき先が見えない。

本番で映写機を回しているあいだは、紗弓のことも、その母親のことも、明日のことも考えずに済んだ。集中することの意味すら体から離れてゆく。それでも、主人公の幼友達として甲田桃子が画面に出てくるときだけは、わずかに体温が上がった。

上映終了とともに、シンちゃんが映写室にやってきた。

「三十分後に、居酒屋『五郎』で懇親会。二時間飲み放題だから、今日はぜったいに来てよね」

「フィルムを返却できるようにしてから、行きます」

「いつもそう言って、来ないんだから。甲田さんが信好君と話したいって言ってたこと、伝えたからね、いい？　ちゃんと来てね」

シンちゃんはそう言うと、急いでドアを閉めた。映写機の熱がこもった空気をひとつ吸い込み、黙々とフィルムをコンテナに納める。たった一度の上映でも、一切の手を抜かなかったことが今日の満足だった。毎日こんな満足を手にできたら、苦しい生活でもそこそこ悪くないように思えてくる。そこが自分の甘さだと分かっているのに、甘さに甘えているという開き直りでぎりぎりのプライドを支えている。

映写室の片付けが終わりひと息つくと、急に腹が空《す》いてきた。甲田桃子と同じ空気を吸って酒を飲んでみたい気持ちに、卑《いや》しさが混じってないかと問い直す。ピンク映画のフィルムを撫でる指先に邪念がないかどうかを問うているみたいだ。どうにかこうにか「邪念なし」と心を落ち着けたとき、無意識にフィルムコンテナを撫でていた。

信好が到着するころ『五郎』の小上がりでは、会計以外のスタッフ全員が出来上がっていた。不眠のシンちゃんは赤黒い顔をしてコップ酒を持っている。会場総支配人という役目を無事終えて、上機嫌だ。奥の席で司会進行の中曾根と話し込んでいるのは、さっきまで海をバックにヒロインの幼友達を演じていた甲田桃子だった。左手の指先に煙草《たばこ》を挟む姿がさまになっている。スクリーン以外で見るのは今日が初めてなのに、過去の女に会ったような気恥ずかしさがある。

信好に気づいた桃子が、灰皿に煙草を置いて「こっちこっち」と手招きした。信好はスタッフの背中を遠慮しながらまたぎ、狭い通路を奥の席へと近づいた。常に温厚な中曾根が不本意そうな顔を見せる。信好の戸惑いが伝わったのかどうか、彼が席を立った。

「どうぞ」と席を譲られて、桃子の隣に腰を下ろす。ビニール製の薄い座布団《ざぶとん》から、中曾根の残した体温が伝わってきた。

ビールでいいかと訊《たず》ねられた際、唇から微《かす》かにメンソールが香った。生ビールのジョッキがふたつ運ばれてくる頃には、箱が空いていた。それじゃあ乾杯——女の目元に赤みが差していた。中途半端《はんぱ》なダウンライトのせいで、顔に陰が出ている。間近で見れば、目尻《めじり》から頰に年相応の皺《しわ》もあった。

やめて、と言われ我に返る。

「そんなにまじまじと顔を見られると、恥ずかしいんだけど」

「すみません」

誰かが取り皿に分けてくれた焼きそばに手を伸ばした。恥ずかしいなどと言いつつ、皺を見せつけるように笑う目元は、その演技を再評価されている助演女優の貫禄《かんろく》がある。焼きそばを食べ終えたところで「ねぇ」と顔をのぞき込まれた。

「こっちの映画館では、ピンクのほうは全部上映されてたんですか」

「甲田さんの出演作はすべて上映されていました」

「どれがいちばん人気だったか、差し支えなかったら教えてくれませんか」

本当のことを言っていいものかどうか迷った。客は毎回十人前後。マナーも悪く、ほとんどがAVのレンタルビデオ時代に乗り遅れた老齢の客ばかりだった。家にいても邪魔者扱いされた老人たちが、ギャンブルに走る金もなく行き場もなくなって辿《たど》り着くところが、ピンク映画専門劇場だった。それも、場所がすすきの劇場になればハッテン場に変わる。結果、改修資金もなければ利益も上がらないので体力尽きたところから看板を下ろす。

言いよどんでいる間におおかたのことを答えているようなものだった。訊ねた相手のほうが眉《まゆ》を寄せて申しわけなさそうな顔をしている。

「ごめんなさい、答えが分かってて訊《き》いてるんです」

彼女は背後にあった赤いリュックから新しい煙草の箱を取り出し、いたずらっぽく笑った。

「地方で仕事があるときとか、ときどき自分の出てるのに出くわすと、嬉しくなって入ってしまうんです。誰も気づかないから、余計に嬉しくてね」

ついたての向こうから、団体客が騒ぐ声が聞こえてくる。信好と桃子の会話は、ふたりの間以外に届いていなさそうだ。彼女は煙草の煙をテーブルの下に向かって吐き、またこちらの目をのぞき込んで言った。

「ずいぶん前、東北の外れだったと思うんですけど、すごくさびれた映画館を見つけたので入ってみたんです」

甲田桃子主演『蜜《みつ》・蜜・蜜』は、低予算中の低予算ということがはっきりと分かる一本だった。作品内容は肌と声と効果音で、出演は主演女優と老人ひとり。田舎の劇場で客がいない自分の映画を観《み》る女優の心もちとはどんなものかと考える。信好はうまい言葉が浮かばず、ビールを飲んでごまかした。

「お客さんいないのに、時間になったらちゃんとフィルム回しているひとがいると思ったら、どうしても顔が見てみたくて。こっそり映写室に行ってみたんです」

ちいさな小屋のちいさな映写室、ピンク映画の主演女優は老いた映写技師に向かって一礼した。皺だらけの小男だった。映写室の少ない明かりの中でのこと。突然やってきた女が、いま自分が回している映画のヒロインだと気づいた彼は、機械に頭をぶつけぬよう気遣いながら深々と頭を下げた。そして、泣いた。

「わたしその日に、ピンクの引退を決めたんですよ」

彼女は『蜜・蜜・蜜』のシーンと同じように、老人の体を抱きしめ、フィルムの繊細な傷を確かめ続けてきた指を口に含んだ。老技師は嗚咽《おえつ》を漏らしながら彼女に頭を下げ続けた。

「ちょうど、そういうシーンになったものだから」

彼女の話をそのまま映画にしたほうがいいのではないかと思いながら、どう返していいものかまだ迷っていた。

うつむき加減だった彼女が顔を上げた。

「あのおじいちゃんがもし生きてたら、もう一度会いたいと思ってます。ピンクを卒業したあといろいろあったけど、今もちゃんとお仕事続けてること直接伝えたいです」

信好はやっとの思いで「喜ぶと思いますよ」と言った。彼女が「だといいです」と笑う。屈託のない笑顔に、引きずり込まれそうになる。

「映写技師さんと伺うと、あのおじいちゃんかもしれないと思って」

「もうほとんど必要とされない仕事になってしまいましたけど」

「必要じゃない仕事なんて、ないと思います」

「そうですかね」

「だって、みんな映画が大好きな映画のひとじゃないですか。好きな道には必ず先が用意されているって、わたし最近そんなことを考えるんです」

「映画のひと」とつぶやいてみる。

「そう。映画のひと」

散会後、タクシーに乗り込んだ彼女を見送り、家路についた。耳の奥では甲田桃子の言葉が切れ目なく響いていた。なめらかに繋げたフィルムを見ているようだ。

突然映写室に現れたピンク映画のヒロインに指を舐《な》められる老技師の姿を想像する。それだけで、一生をその劇場に食われ続けた男の何十年かが報われる。ひとつの仕事を納めた、ひとりの男を認めるひとときがある。自分もその老技師に会ってみたいという気持ちが、つまらない感傷ではないことを祈った。

地下鉄の駅を出たところでポケットの携帯電話が震えた。紗弓からのメールだった。

〈今日も一日終わりそう。ひとりチューハイしてます〉

電話を掛けた。ワンコールを待たぬ早さで紗弓が出る。

「もうちょっとで着くから。俺のチューハイは冷えてるかな、と思って」

「もちろん冷えてるよ。イベントどうだった」

「大成功だったよ」

喜ぶ紗弓の声が甲田桃子と重なり、信好の胸のあたりを通り過ぎてゆく。

会話を終え、見上げた空からまた雪が降りてきた。ひとつぶずつ丁寧に手渡すように落ちてくる。

セレモニーか――家路を急いだ。

ごめん、好き

歩道の雪解け水がなくなった。南寄りから吹く風が、街を通り抜けてゆく。

紗弓はバイト先の夜間診療所廊下で大浦《おおうら》美鈴《みすず》に呼び止められた。

「申し訳ないんだけど、三月三十一日の夜、頼めないかしら」

壁のカレンダーに視線を移す。金曜日だった。

「わかりました、大丈夫だと思います」

夜間診療所とはいえ診療受付は九時半までだ。緊急を要する患者は大きな病院に搬送されるので、スタッフのほとんどは十一時には帰宅できる。大浦美鈴はほっとした表情で礼を言った。

「実は、夫がその日退職するの」

朝、玄関で送り出し、帰宅も玄関で迎えてあげたい、と言うのだった。大浦も日中は別の個人病院に勤めている、五十がらみの看護師だった。

「隣街の市役所から異動になって、もう二十年。ずっと図書館通いだったの」

私語の少ないバイト先では珍しい会話だった。

大浦の夫は六十になる今年、再任用を希望しなかった。民営化の波が押し寄せて、その準備に明け暮れた数年だったという。夫が「自分の役目は終えたと思う」と言ったときの表情を見て、彼女は再就職を勧めなかった。

「春からは完全民営化で、女の子ばかりの職場になるらしいの。館長もやり手の女性で、業務もずいぶんと変化するみたい。幸いわたしももう少し働けそうだし、子供もいないし。ここから先はふたりでのんびりやるのも悪くないと思ってるのね」

夜間診療所のスタッフは、ほとんどがアルバイトの看護師だ。札幌駅前のビルにあるため、翌日に本院の予約が取れるというサテライトの役割を果たしつつ、その利便性から勤め帰りに処方箋《しょほうせん》を頼みにやってくる患者も多かった。

大浦と個人的なことを話したのは初めてだ。短い夜間のアルバイトには休憩時間がないので、半年前にやってきた受付業務の女性が、既婚なのか未婚なのかも知らないままだ。ひとと関わらないで済む気楽さが勤め続けられる大きな理由だが、人間関係の希薄さのなかで、ときどきこんな会話があると妙に嬉《うれ》しいのも正直なところだった。

大浦はナース服に着替え終えると、化粧気のない目元を弛《ゆる》ませて笑った。

「ここから先は、わたしが彼を養って行かなきゃと思ってね」

ふたりとも十八歳で社会に出て、夫は四十二年の勤めをまっとうする。准《じゅん》看護師から正看護師となった大浦も、現場から離れたことはなかったという。

昨日よりも少しだけ風が温《ぬる》んだ帰り道、結婚してから二十四年になるという大浦夫妻のことを考えた。立ち話で語られる夫婦の来《こ》し方《かた》は静かだった。語られなかった多くのことがらは、子供のいない夫婦の日常会話にも上らないまま消えてゆくのだろうか。

信好と自分の生活を思った。大浦夫妻に負けず劣らず、静かな暮らしだった。寒ければ一緒の布団《ふとん》で暖まり、ときどき抱いたり抱かれたり、こっそり泣いたりしながら、気づくとけっこうな時間を過ごしている。

なごりの雪はもう一度くるだろうかと考えながら、夜はまだダウンを手放せない寒空を仰いだ。街灯の先にある部屋の窓を見上げた。灯りはない。信好は今日と明日、日本海側の街で映画の上映をしている。

本業での仕事が入るのは、年に四回から五回。感情表現の苦手な信好も、映写の仕事が入るとどことなく嬉しそうにしている。期待していた仕事がほかの技師にまわったときは、努めて脚本の執筆に気を取られているふりをする。

質素でも、暮らしのある場所に戻ってゆけるありがたみは、夜勤続きだったころを思えばいくらでも耐えられそうだった。まだ総合病院の内科病棟にいたころ、担当していた患者が立て続けにふたり亡《な》くなった夏の夜、信好に出会った。ひっそりと息を引き取った女性患者が、まだ意識がある際《きわ》に紗弓を誰と見間違ったのかはわからない。耳に残る「好き、ごめん」をどこに届けたらいいのか、心が揺れているときだった。命のあっけなさに、長く胸を痛めているようでは一人前じゃない。そんなことは百も承知でいながら、あの頃は折れてしまいそうになる心を必死で持ち上げ暮らしていた。

久しぶりに信好のいない明かりの下で、自分たちの生活を眺めてみる。テレビ、ちいさな炬燵《こたつ》、カラーボックス、冷蔵庫、端のめくれたキッチンマット。毎日見ていたもののひとつひとつが、信好の不在でひとかけらずつ輝きをなくしていた。この風景のなかに子供が遊ぶ場面はやってくるのだろうか。正面から向き合わないまま年を重ねて、自分たちは後悔せずにいられるのか。

紗弓はカラーボックスの奥から、ガムテープを取り出した。二十センチのところで切って、丸い輪を作る。キッチンマットの角をめくり、床にガムテープを貼《は》り付けた。上からマットをのせる。簡易両面テープだ。

――なんちゃって。

ふたりで台所に立つたびに必ずどちらかがそこでつまずいていた。お互いを笑いながら、直さないまま時間が経《た》った。めくれてこないようにすればいいだけだとわかっていながら過ごしていられるのは、こんな時間が長く続くことを疑っていないからだ。けれど、紗弓の心が夫の不在ひとつで不安に揺らいでしまうことを信好は知らない。つま先でマットを踏んだり軽く蹴《け》ったりしてめくれてこないことを確かめたあと、紗弓はガムテープをもとの場所に戻した。

夕方にコンビニのおにぎりをひとつ食べたきりだった。お腹《なか》が空《す》くことにも感謝を、とつぶやく。そのあとは一センチ、気持ちが落ちる。相変わらず自分はひとりでいたくないときにひとりなんだな、と追い打ちをかける。ひとり言が多くなるのはよくない傾向ではなかったか。

冷蔵庫から発泡酒と野菜入りさつま揚げのパックを出した。ひとりだと途端に腹に入れるものに手間暇をかけなくなる。旨《うま》いと思えるものがほとんどないのだから、腹に入るだけでいいのだ。

テレビはどこも今日一日のニュースを流していた。ひと口飲んではさつま揚げをかじる。殺人事件、指名手配、火山噴火、地震予知、海底鉱物――画面に現れては流れてゆく漢字が、いちいち四文字だった。

充電器に差しかけた携帯が震えだし、慌《あわ》てて画面を見た。信好からのメールだ。

〈地元のイベンターさんとめし食ってきた。そろそろ寝る。やっぱり海側は風が冷たいね。風邪ひかないように〉

素っ気ないことにほっとしながら、海側にいる信好から風邪をひくなというメールをもらったことのおかしみもあった。発泡酒の最後のひとくちを飲み干しても、さつま揚げがまだひとつ残っていた。返信を打ち込み、冷蔵庫からもう一本出す。ほろ酔いだけでは眠れない。お互いの肌が遠いときは、信好も同じくらい寒いと信じたい。

〈おつかれさま。まだインフルエンザウイルスがうろついているから、気をつけて。うがい手洗い頼みますよっ〉

紗弓の知らない土地で、紗弓の知らない人と、紗弓の知らない酒を飲んでいる信好を想像した。ああつまんない、つまんない。口に出すと更につまらない心もちになる。携帯を充電器に差し込んだ。返信への返信はなかった。

二本目は半分から先がひどく苦い。調子にのるのではなかったな、と反省混じりでテレビのスイッチを消した。つまみも、これ以上入れると胃にもたれそうだ。テーブルの上にある赤いノートパソコンを見た。閉じられた世界は、紗弓が入ってゆけぬ創作の現場だった。

信好の書いた映画評論や脚本が、送り先からあまり良い評価をもらっていないことはなんとなく気づいている。ドラマ脚本、映画脚本、さまざまな賞に応募していることも、そのどれもが空振りであることも知っている。夫はいま長い長いトンネルの中にいて、ちょっとでも出口が見えたときは必ずよい景色を連れてくると、なんの根拠もなく信じている女房が自分だ。

どうなんだろう。紗弓の首筋を信好の吐息に似たぬるい風が通り過ぎた。缶に残った苦みを勢いつけて飲み干した。目の奥が冷たく、眉根《まゆね》が痛い。

紗弓は信好の古いノートパソコンを開いた。電源を入れたあと、自動ログイン設定をしているのかすぐにデスクトップ画面が現れた。面倒くさがりの信好らしい。脚本はみなひとつのフォルダに納められている。紗弓の知らない信好がいる部屋の、ここは入口だった。おそれと同じくらいの好奇心と、無味無臭の嫉妬心《しっとしん》に誘われて、紗弓はメールを開いた。

見なければ良かった。そう思ったのは、フォルダに女の名前を見つけたときだった。動悸《どうき》とキーを叩《たた》く指先は、無関係を装《よそお》いながら前へと進む。酒のせいにはしたくない。品のない行為はもっとしたくない。

自分たちは人と関わり合うことの苦手な者同士と思っていたが、信好が抱えているアドレスは意外と多かった。結婚したときには既に持っていたパソコンだ。紗弓と一緒になる前の彼、その後の彼の情報に触れているという意識が脇腹《わきばら》を突きそそのかす。覗《のぞ》いてしまった罪悪感と、信好の罪悪感を交換しないか――

無防備な画面が、そう語りかけてくるようでもあった。

女の名前で入っているメールをひとつ開くと、止まらなくなった。映画関係者なのか、イベントの計画と集合時間。あたりさわりのない礼や挨拶《あいさつ》のメールが続く。

次――次――

ふと目をとめた一通はひどく短かった。日付の間隔は半年に一度か年に一度だ。

〈信好くん、元気ですか。このあいだはありがとう。相談出来て良かったです〉

〈信好くんも新たな夢に向かってがんばってください〉

〈人づてに、お母様が亡くなられたことを伺いました。あなたのことだから、誰にも何も言わずにぽつぽつと受け止めているのでしょう。ご冥福《めいふく》をお祈りしています〉

その一通が今のところ最後になっている。

差出人は「Hiroko Takata」。

個人情報が詰まっているはずのパソコンだった。けれどこのメールだけでは相手がどこの誰かはおろか、信好との関係など少しもわからない。

女に相談される信好、夢に向かっている姿を見せる相手、そして何より「あなたのことだから」と記された行の親しみ。「信好くん」から「あなた」へ変化する過程に、たまらない不安が押し寄せてくる。

母親を亡くしたことを人づてに聞いたということは、共通の友人なり知人がいるということだ。しかし信好は彼女からのメールには一通も返信していないし、自分から母を失ったことを報告もしていない。

紗弓は「タカタヒロコ」を最後にして、メールを開くのをやめた。信好とふたりで飲んでいるときは二缶もあれば軟体動物のように頼りなくなる体や頭が、この真夜中に苛立《いらだ》つほどはっきりしていた。

ただ、それほど苛立っていながら、紗弓は信好のメール送信履歴を開くことができなかった。

自身のスマホの画面を開き、今夜信好から届いたメールを読み返す。

もしや地元のイベンターのなかに、いるのではないか。

〈そろそろ寝る〉

卑《いや》しい想像をした。夫の私事を覗いてしまった悔いと、つまらないことをした自責と、それゆえ持たなくてもよいはずの疑いが懐《ふところ》で膨れている。その夜、紗弓は頭の芯《しん》が冷えて眠れなかった。

大浦美鈴が夜間診療所を辞めたと聞いたのは、四月に入って二週目のことだった。診療所にやってくる医師も本院からの当番制なので、詳しい理由は知らないという。

「当分の穴は、本院の看護師が埋めるみたいだ。辞めるときは、出来るだけ早めに言って欲しいそうだよ」

自分はしばらくその予定はない、と告げると、口元を歪《ゆが》めた医師が「そうしてくれると助かるね」と言って椅子《いす》をくるりと半回転させた。

紗弓はその夜、受付の女の子に無理を言って大浦美鈴の住所と電話番号を聞き出した。個人情報だからという理由で最初は渋っていたが、「貸してるものがある」というひとことで折れた。嘘《うそ》ではない。シフトを一度交代している。

その週の土曜日昼時、紗弓は「北の映画館」の受付当番で大通へと出る信好とふたり地下鉄に乗った。大浦に電話するのをためらっているうちに、時間ばかりが過ぎている。

大浦に会いたいのには、理由があった。パソコンを覗いた際に抱えた罪悪感と苛立ちは時間が経ってもさっぱり薄れない。心が暇なせいだと言い聞かせてはみるものの、夫の退職日に家で待っていたいといった彼女は、紗弓がいま想像できる、ひと筋の光でもある。

「今日は、なにか約束でもあるの？」

信好が地下鉄のホームで訊《たず》ねてきた。

「うん、夜勤のバイト先の先輩が突然仕事辞めちゃって。ちょっと気になるんで訪ねてみようと思って」

嘘ではないが、本当でもない。大人になればなるほど、こんな玉虫色の言葉が増えてゆくと気づいてから、そのたびにかさかさと擦り傷が増える。十年後の自分を探す前に、明日の自分が見えないのだから始末に負えなかった。

「病気かなにか？」

「それもわかんないの。バイト三人と本院の看護師で回している状態だから、滅多に会えなかったし」

「滅多に会わないのに気になるって、紗弓にしては珍しいね」

毎日会っていると余計に気になるんですが――口に出せたら少しは楽になるだろうか。日本海側の街から戻っても、信好の様子に変化はない。自分が見落としているものを探してしまう日常に、苛立ちと疲れが混じる。

信好が降りる駅まで、あとふた駅になった。紗弓は小声で信好に訊ねた。

「ねえ、いきなりアナタって呼んだら、びっくりする？」

「びっくりはしないけど、どうしたのかなって思う」

「どうしたのかな、とは思うんだ」

「呼びかたを変えるって、けっこう大変なことでしょう」

夫の返答はあまりにまっとうで、それゆえ隙《すき》がないように思えた。

大通駅で乗客の八割が降りた。新たな客のうちのひとりが紗弓の前に立った。小さなエナメルバッグを持って流行《はや》りのブーツを履き、まだ寒いのに薄いストッキングとミニスカート姿だ。ちらりと見上げる。二十代前半か。べったりと額に貼りつけた前髪と、胸のあたりの毛先の傷《いた》みにバランスの悪さを見つけてほっとする。信好は、こういう隙だらけの女をどんな目で見るんだろう。意識は自然にそちらへと流れて行った。

途端に自分の、ジーンズとシャツ、トレンチコートに帆布のバッグ姿が、地下鉄のどの景色にも溶け込めないような居心地悪さへと変わった。

次の駅で降りる用意をしながら若い女の太ももを盗み見ているのではと、そっと隣を窺《うかが》う。気にしている様子のないことに、無理やり不自然さを探している。

なにやってんだろう、わたし――

自責と後悔を往復しているうちに、疲れてくる。

「じゃ、気をつけて行くんだよ」

優しげな表情を残して車両から降りてゆく信好の背中を見送った。なにか目に見えるような変化でもあれば、少しはこの焦《あせ》りから離れられるだろうか。得体の知れない女からのメールを開いたばかりに薄い地層の下にある泥流《でいりゅう》を見つけてしまった。泥流は、そのまま紗弓自身だ。

地下鉄西28丁目駅から地上に出る。降りるひとも乗るひともまばらだった。大浦美鈴の住所と電話番号をメモした手帳を開く。番地からいって、歩いて十分ほどのところだ。昼間勤めている病院からそう遠くないので、土地勘があるのも良かった。

腕時計を見ると、午後一時になろうとしていた。近くまで来ているからこその迷いもある。紗弓自身の心が安定していれば、大浦のこともここまで気にならなかったのではないか。

土曜日の昼に電話というのは、どうなのだろう。自分なら――仕事中ならば電話には出ない、見慣れぬ番号に折り返しもしない。家にいないのなら、それはそれでいいような気がしてきた。ここまでやって来たことに理由を持たせるために、少し奮発した食材を買って帰ればいい。

紗弓は「えい」と彼女に電話をかけた。コール三度目で、大浦が出た。

「こんにちは、夜間診療所でご一緒させていただいていた——」

少し間があってから「ああ」と好意的な高さの声が返ってきた。

「診療所を辞められたと伺って、ご体調を崩されたんじゃないかと気になったものですから。突然すみません」

こんな理由で他人に電話を掛けたことがなかった。口から滑り出す言葉を、自身が信じてしまいそうになる。大浦は「ありがとう」と言ったあと、事情があってと続けた。

「現場に迷惑をかけてしまいました。あなたにも申し訳ないことをしたと思っています。ごめんなさいね。理由は一身上の都合としか言ってなかったから、却《かえ》って混乱させちゃったかも。無責任なことで、本当にごめんなさい」

「いいえ、具合が悪いのでなければいいんです。こちらこそごめんなさい」

電話番号と住所は、受付に無理を言って教えてもらったことを告げた。横断歩道の電子音楽が響いた。外にいるのかと問われ、はいと答える。

「実は、ちょっと用があって近くにいたものだから、それで。ご主人とゆっくり過ごされているところに、すみませんでした」

「近くにいらっしゃるの」

戸惑いを含んだ間があった。

「ええ、お元気なら」

それで、と言いかけた紗弓の言葉を遮り、ならば立ち寄ってくれと彼女が言った。

胸の内側の泥が流れを速めた。

美味《おい》しいと評判のパン屋で菓子パンをいくつか買ってから訪ねることに決めた。

玄関に現れた大浦に「あとでどうぞ」とメロンパンと塩パンがふたつずつ入ったパン屋の袋を手渡す。彼女の部屋は自分たちの住むアパートに負けず劣らず窮屈だった。女のひとり住まい、と言われたほうがしっくりくる。

玄関に入ったときに気づけば良かった。そうすれば、この部屋に上がらずに済んだ。顔を見て安心したと言って、そのまま帰ることもできたのだ。

狭い部屋の奥にダブルベッドがあった。ベッドの周りにある段ボール。あきらかに引っ越し準備の最中にもかかわらず、夫の姿がなかった。

「引っ越すことに決めてすぐに夜間診療所を辞めたの。昼間の病院も来週いっぱいで辞めるの」

たしかに夫婦ふたりでゆったり過ごすには手狭な印象だが、なにか違う。ここは結婚して二十四年の男女が仲むつまじく暮らして来た静かな夫婦の部屋ではない。ふたり用のダイニングセットの安っぽさとダブルベッドという組み合わせに、紗弓はまず彼女の話が作り事であることを疑った。

勘だが、ただの勘でもなかった。内科病棟には幸福を装う患者がたくさんいる。長い入院生活で露《あら》わになってゆく家庭内の私事を見て見ぬふりをしてきた経験から、そう思うのだ。現場での動きの良さから、彼女の看護師経験の長さは疑う余地もない。しかしその生活は、決して言葉通りではないのだろう。

ダイニングセットで向かい合い、大浦が淹《い》れてくれた紅茶に視線を落とした。黙り込むしかない紗弓の様子になにを感じ取ったのか、彼女が口を開いた。

「二十四年付き合っていたのは本当。定年退職の日に玄関で迎えてあげたかったのも本当。でも、夫っていうのは嘘」

決して祝福される関係ではなかった男と二十四年も付き合えたのは、ひとりで食べて行けるだけの仕事があったからだ、と彼女は言った。

「ひとりで食べて行けるって、けっこうな落とし穴だったの。そのことに気づいたのは四十の少し手前。泣かれると駄目な性分みたい。損だとは思わないけど、得をしたこともないわね」

彼女は男の退職の日に、すべてを賭《か》けたのだと言った。もうやり直しなどきかないと思ったり、まだ大丈夫と思ったり、五十という年齢は実に難しい年齢だったという。

「向こうにも、子供がなかったから。たぶん、粘っちゃった原因はわたしの思い込みだったのよ。奥さんはわたしのことを知ってたって聞いたのが、年明けだった」

男はそのときも泣いた。大浦は今さらのように男に告げた。

——三月三十一日、ここに来てくれたら全部忘れる。

どのみち別れるのだから、最後の最後にほのかな光を見たかったのだと彼女は言った。

——あなたとのこと、すべて忘れる。

男は来なかった。それが二十四年育ててきた樹《き》に成った果実だった。

「それまで、答えなんか欲しいと思ったことなかったの。わたしがあの人を好きだっていう事実だけで充分だった。けど、そんな関係にもちゃんとゴールはあったの」

部屋で一日中じっと男を待っていたが、日付が変わったところで肩の力がすっと抜けたのだという。

「気づいたらエイプリルフールになってた。四月バカはわたしだと思ったら、ちょっと楽になっちゃった。自分の話ばかりでごめんなさい。訪ねてきてくれて、なんだかとても嬉しかった。いざ生活を変えるっていっても、別段報告する先もないことに気づいて驚いているところだったから」

大浦は少し笑い、妙にさばさばした口調で続けた。

「いただいたパン、一緒に食べたいのだけど、いいかな」

紗弓はひとつ大きく頷《うなず》いた。

メロンパンの皮は最初はカリカリと幼い甘みを放ち、口の中で溶け、生地と混ざり合いながら喉《のど》を流れていった。男と女も、こんな風にゆかぬものか。

湿っぽい話でごめん、と笑う大浦に引っ越し先を訊ねてみる。この部屋を離れる彼女への、はなむけにもならぬ質問だった。離島、という答えが返ってきた。

「離島ですか」

「南の島をあちこち歩いて、最後は気に入った土地でのんびりしたいの。就職と終末、同時進行のシュウカツね」

まぁ、春だから——そう口にする彼女はもう、少しもさびしそうに見えなかった。

紗弓は大浦が、自身の嘘を謝らないことがなにより嬉しかった。

「ご主人とはしっかり喧嘩《けんか》してね」

「喧嘩ですか」

「うん、喧嘩。理由のある喧嘩をいっぱいしてほしい。しなきゃいけない諍《いさか》いを避けてるといいことない気がするの。男と女って、理由がわかっていて落としどころの定まった喧嘩は、いくらしてもいいんだと思う」

それが彼女の悔いの最初にあるような気がして、深く問うことができなかった。落ち着いたら連絡したいということで、メールアドレスを教えて欲しいという。紗弓は自分のアドレスを彼女の携帯番号へと送った。

帰りみち地下鉄の階段の降り口で立ち止まった。生活が落ち着いても、大浦は連絡を寄こさないような気がしたのだ。思った瞬間、彼女の部屋にとって返したくなり、つま先を半分ずらした。

数秒立ち止まったあと、紗弓は空を見上げた。乾いた砂の匂《にお》いがする。雪の消えた街に吹く、春の風が連れてくる匂いだった。

その夜帰宅した信好に、玄関先でまずビールの缶を手渡した。

「なに、どうしたの。なにかいいことあったの。それともすんごい嫌な話？」

「いや、今日は飲もう。たまにはビールにしよう」

疑いの表情を隠せない信好と、上がりかまちで乾杯する。

紗弓は夫の脱いだスニーカーを揃《そろ》えたあと、ああこれだ、と思った。大浦の部屋で真っ先に持った違和感の正体はこれだった。あそこには、生活がなかった。男とふたりで暮らしている家の、靴のにおいも、汗のにおいも、行き届かずに漂ってしまう生活のにおいがなかったのだった。やってくる男はいても、帰ってくる男はいなかった。

「本当に、どうしちゃったの」

夫の脇をすり抜けて、炬燵の上に置いたガスコンロに火を点《つ》けた。背後で「まさか、すき焼き」という声がする。

「豚肉だけどね」

なんか不安だなぁというつぶやきに向かって、遅まきながら手洗いを言いつけた。

さて、と意を決したのは、腹も八分目になったころだった。居住まいを正して「お話があります」と切り出した。

「やっぱり」という信好の落胆した表情に向かって頭を下げた。

「悪いこととは重々承知で、パソコンを開きました。ごめんなさい」

「嫌なことするねぇ。あなたらしくもない」

「自分らしさはよくわかりませんが、メールフォルダにたくさん女の人の名前があって大変うろたえました」

「たくさんはありません。それより、その丁寧なものの言い方はなんとかなりませんか」

「タカタヒロコさんって、誰ですか」

信好の表情を見逃したくない気持ちと、見たくない気持ち、胸に両方を置くのはやはり重たかった。この重みを分けあうために繋《つな》がりあってきたのだと信じたい。

「説明すると、すごく嘘くさくなりますよ」

「嘘でもいいんです」今を救う本音であり、賭けに似た気持ちでもある。

「嘘くさいってことは、本当っていうことだと思ってくれれば嬉しいけど」

「そこは、聞いてから考えます」

たとえば、下手ないいわけでもいいのだった。今この瞬間に、紗弓のほうが大切だということを大げさなほど伝えて欲しい。前向きなことなど一切考えられなかった日々から脱出したい。彼を知りたい。

「タカタヒロコは、女ではありません。大学時代、ずいぶん心配かけた助教授。今はもう孫がいるおっさん。親がインテリで廣湖《ひろこ》なんていう名前を付けられて本気で困ってた。深くて広い湖のような男に、って。それなら廣海と書いてヒロミだろうってのが高田《たかた》の自虐《じぎゃく》ネタ。嘘だと思ったら俺のスマホ、メールも着信発信も全部開いていいから。メールの文章が苦手なんで、さっさと電話しちゃうのはあなたも知っているとおりです」

都合の悪いことは消しちゃってるでしょう、と喉元まで出かかってやめた。メールの礼は、孫が映画を映すひとになりたいと言い出したことをうけて、現状はどうなのか訊ねられた際のものだったという。

「とっても厳しいって答えましたよ。技師のいらない時代だってことも」

女房がメールを開けられるパソコンを、炬燵の上に置いて出かける男だったことを今の今まで忘れていた。

「女の人からのメール、いっぱいあった」

「女房が思うほど亭主がもてないっていうのは本当だった」

「わたしは、それ以外は望んでませんよ」

「俺は、それ以外の女房以外にはなれないもの」

少し怒ったような声で続いた「苦労はかけてるけど」という言葉は聞こえなかった

ふりをして、ビールを取りに台所に立つ。キッチンマットの端を踏んだが、もうめくれては来なかった。

紗弓は鼻をすすらぬよう気をつけながら、めいっぱいの笑顔でビールを手渡した。

「ごめん、好き」

「なんですか、急に」

この目で、このひとことの先を知ることが出来る幸福を見ながら、紗弓はもう一度、今度はゆっくりと夫に告げた。

——ごめん、どうしても好き。

つくろい

七月の雑草がどのくらい暴力的に伸びるか、想像したことがなかった。

「一度はうちでなんとかしましたけども、この先もとなると、お互い困りますでしょう」

一週間前、実家の隣に住む老夫婦の妻からの連絡で、信好は電話口で何度も頭を下げた。

テルを失った実家はいま、敷地の境界石がどこにあるのかもわからないくらい荒れ放題だという。そんなに大きな家でもないし、庭といっても畳一枚ほどの土に仏壇用の花を二、三種類植えているほかは砂利が敷いてある。

隣の家主は、境界を越えて雑草が茂って困っていると言う。すぐには想像できなくても、テルが死んでから一年のあいだ放ったらかしにしていたこちらに非があるのは確かだった。

尋常ではない雑草の伸び方と、町内会の仕事がどれだけ大変かという話と、空き家が増えて物騒だという訴えを一時間近く聞いた。信好の結論は電話を切る前に出ていた。

テルが死んでから、実家は電気も水道もすべて止めてある。空き家の隣で暮らす老夫婦も、雑草だらけの土地と持ち主に対する不満にあふれる朝夕にうんざりしていることだろう。

実家を処分する日が来たのだった。

生まれ育った家だが、感傷よりも近隣の苦情をなんとかしようというほうに意識は傾いている。一年間放っておいた家の中がいったいどんなことになっているのか、想像するのをためらいながら、すぐに不動産屋に電話を掛けた。

周囲の状況などを調査した上で見積もりを持って参ります、と言われてから一週間が経《た》った。信好はさっきまで台所に立っていた紗弓を思い浮かべた。実家を売る決意を告げてから一切その話題を振っては来ず、今日も涼しげな顔をして鍋《なべ》や皿を洗っていた。昼食は「紗弓風ナポリタン」だったが、どこが紗弓風なのかと訊《たず》ねた信好にいたずらっぽい表情で「麵《めん》の山を崩すと半熟玉子がある」と答えた。

紗弓は洗い物を終えたあと、ドラッグストアに用事があると言って出かけた。天気も悪くないし、気が向いたら本屋に寄ってくるという。自分よりも早くに親をなくした信好に対する、それが「紗弓風」の気遣いなのだった。

土曜日の午後、大河ドラマの再放送が終わりかけていた。もう少しで不動産屋がやってくる時間だ。どことなくそわそわした気持ちのまま、食事の匂《にお》いがこもっているのではと部屋の窓を開ける。昨日まで曇っていた空が、起きたときには薄い水色になっていた。

空にも悔いがあるのだろうか。ぼんやり窓縁《まどべり》に立つと、朝と同じくほんの少し雨を落とし損ねた色だ。薄い雲が窓を半分横切って行くころ、ドアチャイムが鳴った。

太陽不動産の山本《やまもと》は、信好よりも少し小柄な男だった。営業という職種は、血色の良さが安心を連れてくるのかもしれない。相手が流行《はや》りの髪型やスーツではないことが、こちらの緊張をほどよく弛《ゆる》めてくれる。

炬燵布団《こたつぶとん》を外したテーブルに差し向かいに座った。

「このたびは当社にお声がけいただき、ありがとうございます」

見積もりが上がってきた、という。土地と建物の査定を、手放す方向で頼んである。

山本は軽薄に見えぬぎりぎりの角度で唇の両端を持ち上げ言った。

「かなり良い条件でお取引させていただけるのではないかというのが、わたしの第一印象でした」

彼は太陽不動産の名前が入った水色の封筒から書類を取り出し、説明の順番に並べ替えてテーブルの上に置いた。見知らぬ数字が並んでいる。

「できるだけ早く売れる数字、というのがございまして。あのあたりの地価の下がり具合から申しますと、この価格は上限に近いところで設定してございます。あまり高いと、時間の経過とともに下がり幅がひどくなって余計に価値が下がってしまうことも考慮して、やはりこのあたりが売れ筋の台に乗るぎりぎりかと思われます」

信好はこうした交渉ごとには向いていない。黙って数字を見ていると、一センチずつ山本の頭がこちらに近づいてくるような気がする。

「我が社では、土地をお探しの方からも数多くのご依頼をいただいております。需要と供給のバランスに支えられての、適正価格と思っていただければありがたいです」

遠回しに、喉《のど》から手が出るほど欲しがっている依頼人はいない、と言われているのだった。

駅から徒歩十分、四十坪、建坪率《けんぺいりつ》四十、道路側八メートル、築四十二年建物有。

売る側には不利な条件を並べながら買い手にはもう少し良い情報を前面に出すのでは、という考えを振り払う。当然だろう、と声に出さずつぶやく。信好は黙って数字が並んだ書類に視線を落とし続けた。

山本が「なにか気になることがございましたら、なんなりと仰《おっしゃ》ってください」と慈悲深い声で言った。

土地価格、二百五十万円――

売却条件、更地――

適正価格、と言われればそのような気もするのだが、売却条件に更地とあるのが気になった。これはどういう意味かと問うてみる。ひとつ頷《うなず》き、山本がするすると答えた。

「土地はともかく、建物本体には価格を付けられないということです。築年数から考えましても、家を目的にお買い求めになる客層が極端に少ないと判断いたしまして、こうした場合、売却時には更地にすることを謳《うた》わせていただいております」

「更地にして売ってくれるんですか」

「買い手がつきました時点で、更地にしていただきます」

誰が、と訊ねると、売り手様でございます、と返ってきた。

「更地ならば買う、という設定での価格でございますので」

信好は売り手が自分であることを思い出した。

考えてみれば目の前にいる男は、信好が仲介手数料を支払った上で実家の土地を売ってくれる業者なのだった。土地価格は二百五十万円でも、そこから仲介手数料と更地にする費用を引いたら、いったいいくら手元に残るのだろう。おそるおそる男に訊ねた。

「測量代もございますから、だいたい百万円弱というところでしょうか。更地にする場合に入る業者にもよりますが、ご指定がなければ当社が斡旋《あっせん》ということでも構いません」

百万円弱――

すぐに頷くことができなかった。二百五十万円の物件を売るときに、その金がそっくりこちらに入ると思ってしまう想像力のなさに愕然《がくぜん》とした。嫌な沈黙だった。こちらの様子を細かく観察されていることが、どうにも居心地が悪い。一瞬ここが自分の家ではないような気さえして、信好は「ううん」と声にもならぬ音を喉から漏らした。

信好の迷いに追い打ちをかけるように、すり切れるほど繰り返してきたに違いないなめらかさで彼が言う。

「迷われるようでしたらば、どうか他の業者との相見積もりを取っていただいてもかまいません。こちら様の物件でこの価格を出せるのは、今のところ当社だけと思っております。一万円でも高いことを言う業者はたくさんいるでしょうが、最初から正直に申し上げることに、わたくし共は大きな自信を持っております。売れないまま一年寝かせると、それだけ経費も税金もかかるのが不動産です。売ろうと思ったときが吉日、と信じております」

信好は結局、その場での返答を避けた。百万円弱という現実的な数字が提示されたことで、自分たち夫婦にとってその金がどんな使われ方をするのかが瞬時に見えてしまった。もう少し広くて眺めの良い部屋に引っ越す資金と将来に備えての貯金と思っていたが、この金額では選択が狭まる上に満足ゆく結果にはとても届かなかった。思えば最初に電話をかけたときから金額にまつわる会話はなかった。こちらの「足下を見られてはいけない」という思いと、業者の「言質《げんち》を取られることは口にしない」ことの、そこが着地点だったのだ。

「妻と、話し合ってみます」

山本は嫌な顔も見せず「ぜひそうしてください」と力強く頷いた。

「近隣にお住まいの方々の情報などにもあたって、より条件の良い売却先を探すようこちらも誠意を持ってがんばりますので、どうか当社を信じていただければと思います。ネットや情報誌に掲載する前に買い手がつけば、それだけお互いの負担も少なくなります」

隣家の老夫婦のことが頭を過《よ》ぎった。たとえば彼らが買ったとしても、雑草が生える場所が増えるだけなのだ。太陽不動産が持ってきた金額は、既に老夫婦の「買わない意向」を踏まえてのことだった。

不動産屋が帰ってから一時間ほどで、両手にカレーの材料とレンタルビデオの袋を提げた紗弓が帰宅した。ふたりで作りふたりで食べる。ほっとする気持ちの傍らで、実家についた値段が頭を離れない。

ぽつぽつと報告をしているうちに、カレー作りが終わった。

「で、正直なところはどうなの？」

食べている最中に直球で訊ねられ、信好の喉に芋が詰まった。発泡酒で流し込む。

「もう少し高いと思ってた」

「生まれた家を売るって、どういう気持ちかなって、いまちょっと考えちゃった」

「別に、どうという気持ちもないな。感傷的なところよりも現実の厳しいところが見えたかな」

残念という言葉を使えば、今度は紗弓が気を遣う。いくばくかでも在った「捕らぬ狸《たぬき》」を悟られたくない。女房相手に格好をつけたくはないが、格好つけられる相手は女房しかいない。信好が自身に幻滅するのはいいが、そのことを気遣われるのは嫌だった。

ほぼ同時に食べ終わり、紗弓が皿とスプーンを片付け始めた。土曜の夜のささやかな楽しみは、ふたりでゆっくり映画を観《み》ることだった。不動産から話が逸《そ》れたことにほっとして、今日はなにを借りてきたのかと訊ねる。

「ちょっとエロティックな映画」と紗弓が答えた。

信好は平静を装《よそお》いながら「どれどれ」とレンタルビデオの袋を開ける。紗弓が週末の一本に選んだのは『ラストタンゴ・イン・パリ』だった。

「文学かポルノか、ってやつだ」

「有名だけど観たことなかったから。名画座コーナーにあったの」

「ベルトルッチが三十一歳で撮った傑作だよ」

缶チューハイに切り替えて、部屋を暗くしてＤＶＤのプレイボタンを押す。ベルトルッチ映画特有の枯れ草色の映像が流れ始めた。

古いアパートで、妻を亡《な》くした初老の男と結婚間近の若い女が出会い、お互いの体に溺《おぼ》れてゆきながら、どこか気持ちの裏側でその過程を嗤《わら》っている。本気の所在が最後までわからない故《ゆえ》に、垣間見える本気がどれだけ怖いかを撮った映画だった気がする。

ラストシーンで「嘘《うそ》」とちいさく叫んだ紗弓の肩を抱いた。

「なんだかあんまりエロティックじゃなかったね。かえっていろいろ考えちゃったな」

ここで妻にどういうものを期待していたのか問うのは少しあざとい気もして、チューハイをもう一本飲んでもいいかと訊ねた。紗弓は信好の腕からするりと抜け出て、冷蔵庫から二本持って戻ってきた。そしてすっぽりとまた信好の腕の中におさまり、つぶやいた。

「古い家も、いいかもしれないね。映画の中のアパートみたいに、自分で空間を作る楽しみがあるもの」

何を言っているのかに気づいたのは、紗弓に明日実家へ行ってみようと言われてからだった。

「汚いところだよ。何回か連れて行ったでしょう。もう一年も放ってあるから、とても入れたものじゃないよ」

隣家の老夫婦に見られたら、という思いも過ぎる。実のところ、そこがいちばん気に掛かる。紗弓は腕の中で丸まりながら「大丈夫だって」と繰り返す。

「わたし、あの家好きだったな。お義母《かあ》さんがいつも、亡くなったお義父《とう》さんと一緒にいる気持ちで暮らしていたのがよくわかるの。一緒にスーパーに行ったとき、なんとなくそう思った。お義母さんずっと、あの家でお義父さんと一緒だったんだよ」

「なんでそんなことわかるの」

「食材をいつもふたり分買っていたでしょう」

人数に見合わぬ量の買い物も廃棄した食材も、死んだ父のぶんだったと聞くと息苦しくなる。一年前に母の死に目に会わなかった事実が信好の体を巡って行った。

ひどい親不孝をしたと思ったり、それがテルと自分らしい別れだったと思ったり。この一年、木々の葉がそよぐように思い浮かべては流していたことが、家の処分をきっかけにして信好を責めていた。

紗弓が視線をエンドロールに移して、その肩を信好に預けてくる。

「ねえ、明日行ってみようよ」

「行って、どうするつもり」

ほんの少し間を置いて、紗弓は「出来れば住んでみたいんだよね」と言った。

『ラストタンゴ・イン・パリ』が官能ばかりの映画だったら、こんな会話は訪れなかった。映像と気分が盛り上がったところで紗弓を抱いていたろう。そしてベルトルッチが使った「銀残し」の技術みたいに、快楽の膜を残すことに懸命になれた。お互いの体の熱いところを通り過ぎたあとは、映画の話で今日を閉じた。

カラー映像でありながらモノクロの印象を残す技があるとか、それを世界でいちばん最初に使ったのが日本人だったというおまけ知識まで披露して、女房に「へぇ、知らなかった」と言わせ、悦に入る。

けれど今夜『ラストタンゴ・イン・パリ』を観た紗弓の言葉は、一年放置してあった実家に「住んでみたい」だった。たしかに映画には古いアパートが出てきたけれど――半ば決意のようなひとことにこちらも押され気味だ。

「簡単に言うね」

「ありえないことじゃないと思うのね」

引っ越し代を抑えて水まわりのリフォームを施し、自分たちでできることは時間をかけてでもやってみたいという提案に、更に押される。

「壁紙をふたりで貼《は》るとか、畳の部屋をフローリングにするとか」

「楽しいかね」

「わたしは想像するだけでものすごく楽しい」

ＤＶＤプレーヤーの電源を切ると、テレビ画面が地上波に切り替わった。

道内の天気予報――全道的に晴れマークだ。「やっぱり」と紗弓が追い打ちをかけてくる。

「明日、行って窓を開けて少し風を通してこいっていうことだよ」

軽い笑い声を胸のあたりで聞いている。信好は「そんなに簡単じゃあないっすよ」とうそぶいた。紗弓が楽しそうにしていることで、じわじわと心のへこみが埋められてゆくので困る。

一年か――声にしてしまってから驚いていた。

実家の平屋は隣家との境界まで膝丈《ひざたけ》の雑草に囲まれていた。去年は砂利の見えた場所も草だらけだ。ひと目見て空き家とわかる建物は、時間を止めて景色を暗くする。

去年の十月、雪が積もる前にと信好が家の中を簡単に片付けた。水道や電気を止める手続きをすべて終えてからは放ったらかしだった。空き家のままひと冬を越えた家は、壁塗装がまだらに剝《は》がれていっそうみすぼらしかった。

紗弓の提案で持ってきたちいさな菓子折を、隣家に届けた。玄関先に出てきた老婦人が信好を見て、先の電話のことなど忘れたように懐《なつ》かしがった。照れ笑いを下駄箱《げたばこ》の上に置かれた猫の置物に向ける。

「亡くなったときは、なんにもしてあげられなくて、済まなかったねえ。長くお隣同士でやってきたのに、あのときは本当に申し訳なかった」

「こちらこそ、いろいろと至らぬことばかりですみませんでした」

テルがこの隣家の老夫婦について良く言わなかった記憶は、この際忘れることにした。もう、母親の言うことをまるごと信じるような純粋さは残っていない。

詫《わ》びを兼ねた菓子折を、彼女はひどく喜んだ。上がっていけという誘いをやわらかく辞退する。今後雑草についてあまり煩《わずら》わせないようにするので、と頭を下げると老婦人の目が皺《しわ》に埋もれた。

幼いころからの記憶やら父母のことやら、内側にある感情を刺激されるほうが、雑草を抜くことよりずっと煩わしかった。挨拶《あいさつ》を済ませ深呼吸をする。

実家の戸は子供のころよりずっと重たかった。鍵《かぎ》を開け玄関先で棒立ちになった信好の背中で、紗弓がどうしたのかと訊ねた。

靴を揃《そろ》えて茶の間に入った。家の真ん中に立てば想像以上に臭い。下水、壁や床にしみ込んだ生活臭、このにおいを身内が遺《のこ》したと思うだけでやりきれなく、呼吸をためらうほどだ。

朝起きたときに父が新聞を読んでいたところ、テルがいつもテレビを観ていた場所

——父に怒られた理由は忘れたのに、その日の食卓に豆腐が並んでいたことは覚えている。家庭訪問にやってきた担任が信好の様子を報告する際、「今の時代、優しいだけでは生きて行けませんよ」と言ったときの床のきしみまで思い出した。

仏壇の扉は閉じられ、テーブルは脚を折ってふすまに立てかけてある。台所兼茶の間の十畳と仏間の六畳、玄関脇《わき》の四畳半はもともと信好の部屋だったが早くから納戸《なんど》代わりだ。今はもう、なにが詰まっているのか想像するだけであちこち痒《かゆ》い。

大学へ進むと同時にバイトを掛け持ちして、無理やりひとり暮らしを始めた。父親のことも母親のことも、尊敬などしたことがなかった。無学な父とひねくれ者の母。紗弓はそのふたりのことを、死んでもなお一緒にいた夫婦だという。そんな都合のいい解釈は勘弁してほしいと思いながら「だったらいいな」とも思っている。

紗弓がカーテンを開き、窓を開けた。平屋に細い陽の光が入ってきた。年中薄暗い家の窓から見えるのは、隣家の庭にどっしりと繁《しげ》った松の葉とツツジの花だ。閉めきっていた家の空気が動いて、埃《ほこり》が先を争い舞い始める。

壁や床にしみ付いたにおいは、ふたりの部屋のそれとはまったく違った。他人の家ではないだけに、嫌悪感《けんおかん》が先立ってどうにも落ち着かない。

台所は、光りかたを忘れたステンレスに水垢《みずあか》や黒かびがこびりついていた。生前テルが手入れを怠っていた家は、ひと冬放っておいただけで、まるで十年も空き家だったような荒れ具合だ。昨夜の言葉を撤回してくれることを期待しながら、紗弓に問うた。

「言ったでしょう。無理だよ、ここで暮らすなんて」

「そうかなあ」

去年のうちに壁のカレンダーや温泉土産の木彫り、洗濯機の中に放ってあった衣類を捨てておいたのは正解だった。そんなことを考えながら、今思うべきことを思えないやましさに、どこを見ていいものかわからない。

まとわりつくしがらみから解放されると思っていたところだった。紗弓が仏壇の扉を開けた。

「ここに住んで、どうするつもり」

振り向く妻の顔を見て、「しまった」と思った。訊ねる際に語尾を下げたのはいけなかった。いいわけを飲み込むのが精一杯で、取り繕う言葉も浮かばない。

「住んでから、考える」

その答えに一点の陰りも感じられない自分は、きっとまだこの女のことをよく知らないのだ。ざわざわと波立つ気持ちのどこかで、さて自分はこの家で妻を抱けるだろうかとも思っている。面倒なのは他人でも紗弓でもなく、信好自身だった。

「俺としては、処分したほうがすっきりするんだけどな」

「なにをすっきりさせたいの？」

上手《うま》く答えられない時点で、信好の負けなのだった。紗弓が仏壇を背にして信好に向き直った。

「わたしとしては平屋の一戸建ては贅沢《ぜいたく》なことだと思ってるんだけど」

紗弓が思い描く明日は、隣人問題など軽々と飛び越えていた。信好はここに住めば家賃がかからないことに気づいても、それをすぐ口には出せない。それにね、と紗弓が続けた。

「あなたの育ったところに、いちど住んでみたいんだよね」

廃棄の作業は信好がやればよいことだった。紗弓とならささいなアクシデントも楽しめるかもしれない。虫が這《は》いそうな絨毯《じゅうたん》や畳を剥がして、仏壇以外のものは処分し、紗弓の言うように壁紙を貼り替えれば——住める程度にはなるんじゃないか。

すぐに「わかった」と言えばいいものを、おかしな見栄《みえ》が邪魔をした。結局信好が引っ越しを承諾したのは二日後のことだった。

明日の引っ越しをひかえて、信好は最後の点検に実家へと行ってみた。アパートにあるものは、ほぼこの三日で整理と荷造りを終えた。しかし雑草の刈り込みを含め、実家については朝から晩まで一週間を費やしても、まだすべて処分しきれたとは言いがたい。両親のものは仏壇とアルバムだけを残して全《すべ》て棄《す》てるつもりで作業を始めたものの、想像していたよりずっと気力が必要なことだった。物にはもれなく記憶がついてくるということを忘れていたのだ。

想像したとおり玄関脇の四畳半はすべてがらくたで埋まっており、中身を確認するのもうんざりするほどの古い衣類が段ボールに詰め込まれていた。捨てては積もり、少し減らしてはまたそこに生活が降り積もってゆく様を想像する。信好を抱いている両親の写真を見つけてしまったときの、触れてはいけない時間に触れたような罪悪感も、その周りにあるものを棄て続けることでいくぶん薄れた。

父がいなくなってからのテルが、いかに偏屈に暮らしていたのかが、残されたゴミの山からもわかる。晩年の母は生きることにも死ぬことにも興味がなくなっていたようだった。

週に一度息子に付き添わせながら病院通いをする老女の日々は、幸福だったとは言いがたい。けれど紗弓が言うように、テルがここで死んだ父と暮らし続けていたならば、母は決して孤独ではなかったのだろう。

ふたり分の食材を買うために安いものを探し、ふたり分の食事を作り、そしておおかたを捨てるという毎日を想像する。食材を捨てるときの痛みよりも買うことで死を認めないという頑《かたくな》さを思った。ひとりになったテルがその後も頑固にふたりぐらしを続けていたと思えば、いま目に見える褪《あ》せた景色にも元の色が戻ってくる。

荷物を運び込んでからすぐに生活出来るよう、水道と電気、ガスは既に通した。台所の湯沸かし器も新しいものを手配済みだ。信好が言う前にあの分この分と紗弓から渡される金に、大きな過不足はなかったが、へそくりにも限界があるに違いない。この上、税金も彼女の財布から出てゆく。家移りの先が古くとも自分の実家ということで、申しわけなさに蓋《ふた》をした。

手間とプライドを取り払ったあとの悩みはタイル張りの風呂場《ふろば》だった。簡易ボイラー式の風呂は旧式なうえ、壁にも床にも油絵の具を塗り重ねたような黴《かび》が生えている。窓を全開にして黴取りをしても清潔からはほど遠かった。

「がんばってユニットバスに入れ換えちゃおうか」

そんな言葉につい見積もりなど取れば、さすがの紗弓も黙り込むような金額が提示されてくる。築四十二年の建物には、解体費用がかかるだけで一切の不動産価値はないのだった。ひとつ手を着けると際限がなくなりそうだ。

新しい暮らし、住めば都。ここ数日、紗弓は呪文《じゅもん》のようにそればかりを繰り返す。ありがたいことに隣の老夫婦は紗弓が気に入ったらしい。看護師と聞いてなにかと頼りにしたい心根が透けて見えても「そういう仕事だから」という。

結局風呂場は簡易ボイラーの取り替えだけで我慢しようということになり、壁紙も自分たちで貼り替えた。風呂の黴をこそげ落とし、スプレー式のペンキを吹き付けてみた。

すっかりへたった畳を捨てて、ホームセンターから届いたフローリングカーペットを敷いたままでは良かったが、床板のきしむ音が大きくなるばかり。厚いウレタンを敷き詰めることになり、予定外の出費ばかりが増えている。

「なんだか、何もかも付け焼き刃だな」

誰に向けてでもなく、つぶやいた。信好はせめて台所くらいはすぐに使えるようにしておこうと、シンク下の扉を開けた。今日いちばんのため息が漏れた。

鍋釜《なべかま》の類《たぐい》はすべて捨てたと思っていたのだが、ここだけ取りこぼしていた。焦《こ》げたアルミ鍋、古い鉄瓶、臭《にお》いの元となっているだろう油こし器。雑に放り込まれたものを、そっとゴミ袋へと移す。

鍋、ザル、ステンレスのボウル。それらの下に蓋付きの黄色い缶箱があった。がらくたの中にもいくつか見つけた、鳩《はと》サブレーの缶だ。両親に鎌倉土産を届けるような知り合いの心当たりはなかった。どの缶にも、売れそうもなければ買いたくもない手芸品や古いボタン、糸や針が入っていた。

こんなところにまで――

引きだそうとしたところで、思わぬ重みを感じて手を離した。数秒にらみ合い、砥《と》石《いし》か何かだろうと見当をつけて床へとひきずり出す。砥石にしてはやけに重かった。床に置く際にがしゃりという金属音が響いた。五キロ以上はありそうだ。信好はおそるおそる鳩サブレーの缶蓋を開けた。

――中身はすべて五百円玉だった。

いったいいくらあるのだろう。喉仏が上下する際、こすれるような痛みが走る。鰻《うなぎ》を奢《おご》ってもらったときに盗み見た財布の、重なり合う硬貨が過ぎる。

立ち上がり、お茶のペットボトルを一気に半分空ける。喉の渇きは少しも薄れなかった。

タンス預金という言葉は聞いたことがあるけれど、テルがそんなことをするような人間だとは、死んで一年経っても信じられずにいる。目の前にある菓子缶いっぱいの

五百円玉を見ていると、ここにひとつふたつと貯《た》まってゆく硬貨を、たいして眺める
こともせずに放っていただろう無精な母の姿も見えてくる。

信好は部屋の真ん中にゴミ袋を敷いて缶箱を移した。あぐらをかき、二十枚ずつひとかたまりにして積み並べてゆく。ときどき百円玉が混じっていた。

もしかすると——いや、冷静になれ。待て待て。

無心で数えているはずなのだが、ときどきほろりと本音が顔を出す。

一万円の円柱がユニットバスの見積もりに届きそうな気配を帯びてきたころ、缶の底も見えてきた。片手で何枚かつかみ取ったところで、底に白い紙切れがあるのを見つけた。硬貨を左右に寄せた。紙に書かれた文字が目に入る。胸に、感情が動く前の痛みが走る。

「そうしき代」

しばらく呆然《ぼうぜん》としたあと、なんだよ、と声に出た。

なんなんだよ、これは——

一年前、自分はテルが死んでも涙ひとつこぼさなかった。なのにいまごろ、母が「そうしき代」に貯めた金を見て胸が苦しくなっている。

この金で女房にユニットバスを買ってあげられるかもしれないという思いの前で、

情けなく泣いていた。長いことテルの素っ気ない演技に騙《だま》されていたような思いも加わって、かなしいのか嬉《うれ》しいのかわからない。シャツの肩口で涙を拭《ぬぐ》った。

礼を言える相手はもうこの世にいなかった。

こんな思いを詫びる先もない。

つくろいたいあれこれが、胸から溢《あふ》れてくる。

男と女

ナナカマドの樹《き》が並ぶ公園横を行く。視線を少し上げただけで、視界に秋の星座が入ってくる。

紗弓は白い息をふたつみっつ、数えながらバス停に立った。起点に近くほとんど遅れることのない路線バスは、信好の実家に越してからの便利な足になっている。

住みたい、と言い出したのは紗弓だった。ユニットバスが入ってからは、一日の終わりが楽しみになった。姑《しゅうとめ》が遺《のこ》していたというタンス預金について深くは訊《たず》ねられないものの、最近は風呂《ふろ》掃除も好きな家事のひとつだ。

――いってらっしゃい。

――いってきます。

何気ない会話も、今までとは響きが違う。実家を出てからのアパート暮らしについてまわった「生活音」の心配がなくなったのだ。

台所の床に鍋《なべ》の蓋《ふた》を落としては、その音におろおろするということもない。信好との会話も、少しずつ声が大きくなっているような気がする。空き部屋に積まれていた段ボールの中から、スピーカーセットが現れたのも嬉《うれ》しかった。アンプを使えば映画のDVDも迫力が違う。

仏間になっていた六畳間に明るい壁紙を貼《は》り、ベッドを置いた。家具店めぐりをしてやっと見つけたベッドは、箱形の大収納家具だ。ふすまを取り払った茶の間との間に、ラタンのついたてを置いた。できあがった寝室を見て、ふたりで「なんだかここだけアジアンテイストだね」と笑い合った。信好の母が遺した古くてちいさな平屋は、夏の終わりからふたりの城になった。

置き場所を迷った仏壇は、台所の横に落ち着いた。好《よ》い関係を築けないままの別れになったことで、手を合わせるたびに腹のあたりからゆらゆらと悔いが浮かんでくるものの、祈りを生活に馴染《なじ》ませることで低め安定を保っている。

老人病棟の当直アルバイトに向かう夜の路線バスには、紗弓を含めて三人しか乗っていなかった。

着替えを済ませて半夜勤の担当者から申し送りを受ける。薄暗い廊下を、ときどき徘徊《はいかい》の患者が横切ってゆき、そのたびにナースセンターから誰かが急ぎ足で出て行く。

今夜紗弓が担当するのは人工呼吸器導入患者の病室と、二日前から検査入院しているという八十歳の女性患者だった。連絡先は老人保健施設になっている。

「このひと、体はちょっと自由がきかなくなっているけど、口は元気だから気をつけてね」

「わかりました」

申し送りをする看護師の傾《かし》げた首が、面倒な患者を想像させた。

定時見回りで「七重《ななえ》ハマ子」の病室に入る。検査入院、両手足の痛みと痺《しび》れ、横向き寝、とある。検査結果は報告されていない。

病や人と向き合う仕事に就きながら、紗弓はまだ看護師の仕事に慣れていない。病状と関わることが出来ても人とは向き合えないのだ。向いていないという言葉で片付けてしまうと、過ぎてきた時間が余計に重たくなる。生活や性分などを考え迷ってはみたが、辞めたからといって一気に楽になれるとも思えなかった。

七重ハマ子は枕元《まくらもと》の明かりを点《つ》けたまま、上掛けの毛布に左の腰骨を突きだし横たわっていた。横向き寝、の申し送りだ。明かりの下で、彼女はまだ両目を開いていた。

「七重さん、ご気分いかがですか。寝返りのお手伝いいたしましょうか」

「新しい看護師さん？」

「夜間担当です。よろしくお願いします」

夜勤は毎晩違うひとなのかと問われ、自分は非常勤であることを伝えた。

「毎日この病院にいるわけじゃないのね」

「不安に思ったことは、遠慮せずおっしゃってください」

「ごめんなさい、そういう意味ではないの。寝返りは自分でできます。うつ伏せになるときにちょっとあちこち痛いけれど、だいじょうぶ」

彼女は手足が痺れ始めてからぐっすり眠っていないと言って、ひとつため息を吐《つ》いた。声に濁りはなく、言葉もはっきりとしている。紗弓は「あんまり我慢しないでくださいね」というといつもどおりの言葉で巡回を閉じようとした。

「結果が出たら、検査入院ではなくなるわねえ」

ひとりごとに近い響きで、彼女が言った。彼女の連絡先が施設であったことを思い出す。心細いのではないか、という思いは職業意識から少しずれた紗弓の弱さだった。

ひとつお願いがあるのだけど——

思いがけぬ言葉に、病室の気配が一瞬床に沈んだ。そのあとゆっくりと胸の高さまで戻り、弛《ゆる》んだ。

「どうぞ、おっしゃってください」

彼女はひと呼吸おいて「座りたい」と言った。紗弓は請われるままベッドの背を起《こ》こす。月の輪郭ほどに曲がった背骨と細い首で、ちいさな丸い顔を持ち上げた七重ハマ子は、ゆらゆらと揺れる腕でベッドの足下にあったクッションを引き寄せた。

ハマ子の細った腕がクッションを包み込んで上半身を支えた。彼女は縦になった視界に急には慣れないのか、瞬《まばた》きを繰り返し数秒目を閉じた。

「手が痺れて、ペンを持てなくなったんです。手紙の代筆をお願いできませんか」

「代筆ですか」

ハマ子がクッションの前に倒れ込みそうな角度で頷《うなず》いた。

「わたしが言ったことをそのまま書いてくだされぱいいんです」

紗弓はひとつうなずき、メモ用の紙を持ってすぐに戻りますと告げて病室を出た。

呼吸器患者の病室を見回ると、命のかなしみが胸に迫ってくる。ハマ子にはまだ話す言葉や連絡を取りたい相手がいる――そのことがとても尊いものに思えた。

現場のチーフに、七重ハマ子からの頼み事を告げると「ありがとう」という言葉が返ってきた。

「そういうスタッフがいてくれたら、っていつも思ってたから」

ひとりひとりの欲求に応《こた》えきれない毎日は、現場の空気もささくれたものに変えてしまう。紗弓にも覚えがある。チーフのひとことを心頼みにして、コピー用紙をクリップボードに挟みハマ子の病室へと戻った。

彼女は紗弓が出て行ったときと同じ姿勢で、クッションを抱いて待っていた。

「お待たせしてごめんなさい」

「来てくれないかと思った」

彼女にとって今夜の担当看護師は紗弓ひとりだ。ベッド脇《わき》の丸椅子《まるいす》に腰掛けて、ボードとボールペンを手に声をかけた。

「おっしゃったことをメモして、一度読み返しますね。間違いがなければ清書します」

病室に、ハマ子の声が響き始めた。

紗弓は彼女の声の張りに驚きながら、書き漏らさぬようペンを走らせる。一文唱えたあと、ペンの音が止まってから再び一文。手が痺れてペンが持てないだけで、耳にはほとんど問題を抱えていないことがわかる。

時候の挨拶《あいさつ》、代筆のこと、ハマ子の声を文字にしていると、紗弓の内側にある水面が揺れた。感情を込めない言葉の連なりがやがて、ひとりの女の情念へとすり替わった。迷いは感じられず、それゆえ同じ内容を何度も反芻《はんすう》したことが伝わって来るのだった。

秋らしい風が吹いています、お元気でお過ごしでしょうか。

和田伸吾《わだしんご》様

今日は右手に怪我《けが》をしてしまい、近所に住むお嬢さんに代筆を頼んでおります。文字が違って伸吾さんにご心配をおかけすることのないよう、最初に申し添えます。

風の音を聴いていても、空の色を眺めていても、ときおり吹く海風を家に入れていても、思い出すのは貴方《あなた》のことです。季節の移ろいはいつも、貴方の面影を連れてやって来ます。

貴方はいつも、とても優しかった。生意気なばかりで少しも女らしくない私に、伸吾さんだけは温かな言葉をかけてくださいました。親しみから恋へと傾いてゆくときの心もちを思い出すと、今も全身が震えます。覚えていらっしゃいますか、私が仕入れの個数を間違えて会社に大きな損失を出させてしまった日のこと。上司にきつく叱《しっ》責《せき》され、誰も私に近づこうとしなかったとき、伸吾さんだけが優しくしてくださいました。

そんなに頑張らなくたっていいんじゃないのかい、という言葉に、私は初めて人前で泣いてしまいました。長女として生まれて、病がちな親と幼いきょうだいの面倒をみるために必死で働いていた私は、あの日初めて人の胸で泣くことを覚えたのです。ときどきご飯に誘ってくださるときの伸吾さんは、上司とも同僚とも上手《うま》くゆかず会社で孤立してゆく私の、たったひとつの救いでした。貴方がいたから、がんばることができたのです。

初めてのお酒、初めての食事、初めての夜のこと、今も昨日のように思い出すことができます。貴方は済まないとおっしゃったけれど、なにを謝る必要があったでしょう。私は三十を過ぎて初めて人としても女としてもかたちを成したのです。貴方を思い続けることに、どんな障害もありません。

あのあとお互い少し恥ずかしくなって、なかなかお話しが出来ない日々が続きましたね。勇気を出して食事に誘った際、貴方はいつも、ごめんと繰り返していらっしゃいました。お仕事が忙しくなったことに気づかなかった私を、どうかお許しください。

会えない日が続いてしばらく経《た》ったころ、私は子会社に出向となりました。書類の陰から貴方のお顔を見られる日がなくなると思うと、かなしみで倒れてしまいそうでした。あれから何度か、伸吾さんのお宅の前へ参りましたが、結局呼び鈴を押すことも出来ずに時間ばかり経ってしまいました。

一生懸命働けば、また本社に戻って貴方に会える。そう思い続けて定年を迎えました。でもこうして月に一度でも手紙を書いていると、過ぎた時間も一緒に過ごした日へと繫《つな》がってゆき満たされました。

いまも一日の終わりに、あなたもほんの少しでもあの時間を思い出してくださっていたらと願い続けています。私たちの光り輝く日々は、荒波もしがらみも乗り越えていつか結実すると信じています。

今日もまた、貴方の夢がみられますように。貴方が幸福でありますように。

ハマ子

信好が、テーブルの上で手紙を清書している紗弓の手元を見た。

「それ、もしかしてちり紙じゃないの?」

「うん、これが便箋《びんせん》なの。昨夜の患者さんの代筆」

手紙の文面をすべて伝え終わったハマ子が「どうかこれに書いて」と手渡したのが、ひと束の高級化粧紙だった。開封していない化粧紙の束からは、今のティッシュボックスの彩《いろど》りなどものともしない「高級感」が漂っている。開けてみれば、一枚一枚がしなやかな和紙を思わせた。ただ、その薄さから漂ってくる関係が、紗弓を昏《くら》いところへと引きずり込む。

「今どき、こんなのどこに売ってるの」

「大きなドラッグストアにはときどき売ってるらしいの。なければ注文するみたい」

二枚ひと組で使ってほしい、とハマ子は言った。そうして使うものなのだという。一枚では心細いから——紙より薄い男の情を責めるでもなく、彼女の目は満足そうに光っていた。敢《あ》えて老いてゆくことへの弱音は綴《つづ》らぬことに決めているようでもあった。老いたことを嘆くと、彼女にとってもう一度伸吾と過ごせる夜が更に遠くなってゆく。

化粧紙にしたためた手紙は、しっかり折りたたんで封筒に入れても定形外の厚みになった。ふかふかと頼りなく膨らむ封筒は、七重ハマ子が膝《ひざ》に置いたクッションに似ていた。住所を告げる際も、ハマ子の声に迷いやよどみはなかった。自分の住所は書かず、ただ毎月手紙を送り続けているという。

紗弓がこの手紙をすぐに投函《とうかん》するかどうかためらうのは、和田伸吾の住所が同じ江別市内だったからだ。ハマ子の入所する施設からは電車で四、五駅だ。会おうと思って会えない距離でもなかった。

紗弓は封筒をバッグに入れたあと、遅い昼食の準備を始めた信好とふたり台所に立った。

新たに取り付けた棚に、ベージュで統一したプラスチックのボウルやザルが並ぶ。フックにかけたお玉やトングは薄いオレンジ色だ。

ふと、ハマ子の送ってきた日常にこんな色があったのかどうか考えた。信好が慣れた手つきで鍋にパスタを入れる。出来合いのソースにトマト缶と炒《いた》めた挽肉《ひきにく》を混ぜる。信好の隣にいても、味見と飲み物の準備くらいで何も手伝うことはない。それでも、テーブルで彼の作る料理を待っているよりは楽しかった。

「なに飲む？」

「ハーブティーかな」

カモミールの茶葉を朱泥《しゅでい》の急須《きゅうす》に入れた。実家に残っていた食器をあれもこれも捨てようとする信好から取り上げたもののひとつだ。茶渋を落としてみると、欠けもひびもなくきれいな色が出てきた。

紗弓はとうとう姑の心を開くことが出来なかった。毎朝仏壇になにかしら供えることで、自分が何から逃げたいのかを考える。悔いの入口は広く、出口は遠い。

信好はここに住むことをしぶしぶ承知したけれど――ハマ子と和田伸吾にしても、自分たちにしても、男と女の腹の中はわからないことだらけだ。

味見を頼まれたパスタソースは、信好にしては甘めだった。仮眠明けにはぴったりだ。

「隠し味に砂糖と思ったんだけど、ちょっと甘かったかな」

「隠れていない隠し味か」

「なにか、ＣＤかけようか。なにがいい」

ひとつ間を置いて、静かな曲と答えた。信好が選んだのは、インディーズレーベルで活動しているという女性歌手のアルバムだった。ピアノ弾き語りの歌声は、物語を聞いているような響きだ。感情をどこかの棚に置いてきた感じのする歌い方だった。

「初めて聴いたかも」

「俺も、初めてかけたかも」

「映画と音楽の夕べ」というイベントの際にゲストとして招いたアーティストだったという。

「ライブを聴いたあと、そこからしばらく脳内再生される曲がぜんぶこの声だったな」

紗弓はほんのりやきもちをやきながら「ふぅん」と頷いた。平坦《へいたん》な道をゆるやかに転がってゆくような声だった。

やっぱり今日のうちに投函してしまおう。そう思い立ったのは、アルバムの最後の曲を聴いたときだった。「愛の讃歌《さんか》」をこんなに静かに歌う歌手を紗弓は知らない。時計は午後二時を指していた。紗弓はこの手紙を投函するついでに明日の朝用のパンを買ってくることにした。

鍋を洗い終えた信好が「俺も行くよ」と言った。

ふかふかとした封筒を出し、切手を貼ったかどうかを確かめる。

「ずいぶん厚いね」

「便箋が柔らかかったし」

「その住所、わりと近所だな。歩いて二十分くらい」

紗弓は二度訊ね返した。同じ市内だということはわかっても、歩いて行けるところかどうかまでは思い至らなかった。

封筒を見ているうちに、紗弓はこの「和田伸吾」がいまどんな暮らしをしているのか知りたくなった。ハマ子が抱き続けている一生一度の恋を、この男はいったいどんなふうに受け取り、老齢を迎えたのか。封筒を持って考え込む紗弓の額に、信好の言葉が降ってくる。

「スーパーまでちょっと回り道になるけど、散歩がてら通ってみようか」

「いいの?」

「たまにしっかり歩かないと」

先に玄関に出てスニーカーに足を入れる信好を追った。

「ありがとう」

「礼を言うようなことでもないよ。散歩だし」

紗弓は、秋の午後にふたり連れだって歩く理由を「愛の讃歌」を聴いたせいにした。

蓄熱セーターにコートを着込んできたが、信好はジーンズにフリース一枚きりだ。寒くないかと問えば「だいじょうぶ」と返ってくる。情感を込めない歌いかたと、その声がしばらく耳を離れなかったという信好のことを考えた。

夫の日常を邪推し始めると、好きという言葉だけでは済まない気持ちが体に充満するのがわかる。昨夜から、七重ハマ子の尽きぬ情念が自分にまとわりついていた。平地はまだ暖かみを残しているが、山間《やまあい》ではもう雪が降っているという。

「この住所、そんなに近い場所だったんだ」

「近いといえば近い。用がなければ行くような方角でもないな」

越してきて間もない紗弓は、自分たちがいま駅とは反対方向に向かって歩いていることくらいしかわからない。信好が「昔はあんまり家がなかったんだけど」とつぶやいた。果たして、その言葉の意味がわかったのは門前に立ったときだった。信好と紗弓の前には、寺の門があった。樹木の先に広い敷地を持った、墓所もふんだんにある寺だ。小高い場所は、道路の造成によって削られた森林の名残だろうか。

「ここなの？」

「うん、住所からいってたぶんこのあたり」

間違いじゃないかと訊ねそうになり、飲み込んだ。紗弓は寺の門柱にある住所表示と手紙の宛先《あてさき》を交互に見た。番地まで同じだった。

「お寺の名前を書かなくても届くって、そういうことかな」

紗弓の脳裏をひとつの考えがかすめてゆく。和田伸吾はここの寺に眠っているのではないか。

西側からの日差しが急に陰った。信好が「どうする？」と訊ねる。紗弓は勢いをつけて門をくぐった。

アスファルトの坂道を五十メートルほど上ったところに、寺の建物があった。深緑色の屋根、白い壁、砂利の敷き詰められた本堂の周りには雑草も生えていない。手入れの行き届いた寺の通用口はガラス戸が二重になっている。

門柱の前で浮かんだ想像を胸に押し込めながら、紗弓は寺の入口に立つ。住職、あるいはここで働く誰かが和田伸吾であるよう祈った。

男は生きているのか死んでいるのか——重たい気持ちを、信好に打ち明けた。

「確かめるかどうかでまた足踏みするんだろうね」

紗弓は入口の戸をそろそろと引いた。お香と畳のにおいが混じり合う薄暗い本堂には、さびしくきらびやかな本尊があった。

『ご用のかたはこのブザーを押してください』

自分を振りきるスイッチとして、紗弓はブザーを押した。

戸口の陰から現れたのは、エプロン姿の中年女性だった。突然の訪問を詫《わ》びると、彼女は少しこもった優しい声で用向きを訊ねた。紗弓は問うための言葉を選びかね、結局まっすぐに訊ねた。

「こちらに、和田さんという方はいらっしゃいますか」

うろ覚えだった住所を頼りに突然訪ねてきたことを詫びた。エプロンの女性は怪訝《けげん》な表情をしたあとすぐに元の笑顔に戻り、本堂に上がって待つようにと言った。

「本堂だって」紗弓は不安を隠さずに信好を見上げた。少しの動揺も見せず、信好はもうスニーカーを脱ぐ準備をしている。紗弓も靴を脱ぎ揃《そろ》え、本堂に入った。

乗りかかった船だ。今夜は自分の早まった行動をどのくらい反省すればいいのか想像が出来ない。ふと、ハマ子の手紙の一節を思い出した。

『過ぎた時間も一緒に過ごした日へと繋がってゆき満たされました』

老女が一夜の記憶を温めたまま死にゆこうとしている。あの背骨の曲がり具合から、今後も手の痺れが劇的に改善されるとは思えなかった。手紙を書かねばならぬと思うたびに、ハマ子は誰かに代筆を頼むのだろうか。頼んだ先で彼女がどんな噂《うわさ》の種になってゆくかを想像する。

紗弓は自分が信好以外の誰も信じていないことに気づいて黙り込んだ。

畳の数を数えるのもおっくうになるほど広い本堂の、玄関よりの隅に座った。ここを菩提寺《ぼだいじ》にもしていない人間が、気安く本尊に近づいてはいけない気がして身を縮める。信好はさして緊張する様子も見せず、欄間の細工がいいと感心していた。

「こんにちは」よく通る声が本堂に響いた。

現れたのは作務衣《さむえ》姿の僧侶《そうりょ》だった。剃髪《ていはつ》のせいもあるのだろうが実年齢がよくわからない。六十と言われればそう見えるし、父と同じくらいと言われても頷いてしまいそうだ。お経と法話で鍛えた声には濁りがなく、彼が話すとお堂全体から声が跳ね返ってくる。

「ここの住職ですが、和田さんのことでなにかご用と伺いました」

「ご住職が、和田さんということではないのですね」

「違いますが、幾人かの和田さんを存じ上げてはおります」

そう言うと、どちらの和田さんをお訪ねでしたか、と問うてきた。

紗弓はもう逃げのきかぬ袋小路に追い詰められたような気分で、宛先の名前を口にした。

「よく存じておりますよ」住職の口元がやわらかくなった。

「和田伸吾さんへのご用件ならば、わたしが伺いましょう。お手紙をお持ちなのであれば預かります」

住職はハマ子の名前を挙げた。

「そろそろ届くころだと思っておりました。いつもは郵便屋さんだったけれど、今日はお若いご夫婦だ。七重さんになにかございましたか」

「お手紙の、代筆を頼まれた者です。ただのお節介でした」

「彼女の手紙を代筆して、その男の顔を見たくなるのは、まあ人情というものでしょう。別段責められることでもない。こういう時間が救うなにかが人の世にはあるものです」

住職は、自分はむかしハマ子が勤めていた会社の新入社員だったと言った。

「大部屋でみなが事務を執るような職場でしてね。誰かが上司に怒鳴られると、辺りにあった頭が五センチずつさざ波みたいに低くなってゆくような、けっこうな大所帯でした」

報告ごとで和田が席を立つと、ハマ子は身を乗り出して彼の動きを追った。ふたりのことは、会社の誰もが知っていたという。

「七重さんの出向が発表された日、自分も周囲と同じような顔でいるのが嫌になりましてね。当時の住職だったうちの親父《おやじ》がやっている法話に七重さんをお誘いしたんです。いずれ寺を継ぐ自分にとっては、上司の機嫌や周囲の思惑なんぞどうでもいいことでした。色即是空の話をさせても、先代は上手かったんです」

実りが多いはずの若い時間をひとを恨んだり責めたりして過ごしてはいけない、という話に思うところがあったのか、七重ハマ子はその法話から落ち着きが出てきた。

「出向する日に、寺の住所を教えてほしいと言われてお伝えしました」

ハマ子は事実上本社を追われたが、新たな職場へ移ってからは月に一度この住職宛に手紙を送るようになった。最初は「おかげさまで元気です」といった内容だったが、一年、二年と経つころから変化した。和田との一夜を回想するようになり、次第に宛名も、住職から寺気付へ、やがて和田伸吾へと変わった。

「うちの寺には、その宛名でもちゃんと届くようになっております。いつかわたし宛てに届いた手紙に、開封せずに燃やしてくれとありました。一年間十二通、毎年供養《くよう》しております。七重さんも、わかっておられるんですよ」

仏門に入った彼は、どんなかたちであれ一途《いちず》な思いが道に迷ってはいけない、と七重ハマ子の手紙を受け取り続けた。

ハマ子が便箋に使っていたのは、自分に優しくしてくれた男が、重ね合ったあとの体をやさしく拭《ふ》いてくれた化粧紙だった。

「和田さんはいま、どうされているのでしょうか」

紗弓の脳裏をハマ子の曲がった背中が通り過ぎる。住職は首を横に振った。

「それは知る必要のないことではありませんか」

住職は、男と女にはどうしても埋めきれぬ大きな溝があるが、それゆえ多くの人間がその溝を埋めようと苦しむのだと締め括《くく》った。信好が小言を言われた子供みたいに、横でちいさく頷いた。紗弓は深く頭を下げた。

「手紙は、置いていきなさい。ポストに入れるより、心が楽ではないですか」

住職は、ハマ子に出逢《であ》ったことで背負い込むことになった辛苦も置いていけと言った。

年に一度の供養を重ね、幾度葬《ほうむ》られても彼女の恋心には終わりがないことを思った。終わらない恋を、誰かに伝えたかったのだと思えば、紗弓に代筆を頼んだ理由も見えてくる。

知られたくない事実にもときおり、わかって欲しいという欲が膜を張るのだ。費やした時間が、不意にその身からこぼれ落ちることもある。

寺を出て、街灯の下を歩き始めた。信好が紗弓の歩幅に合わせてくれているのを横に感じる。日が落ちた街に、星座模様の蓋をかぶせ、夜がやって来た。

「パン買って帰ろうか」

「うん」

報われるもの、そうでないもの、讃歌に値する愛のかたちを思い浮かべるが、うまく像を結べなかった。代わりばえのないふたりの毎日にも朗々と「愛の讃歌」が流れていると信じたい。

紗弓はこの街に、今夜やさしい風が吹くよう祈った。

ひみつ

夜半から降り積もった雪は、ふくらはぎの中ほどまであった。

積み上げられた路肩の雪は既にひとの背丈ほどになっている。街は空と雪の色に分けられた。

雪色の窓辺から信好のほうへ視線を移し、義父は少し照れた表情で言った。

「年の瀬も迫ったときに、男親が娘の嫁ぎ先を訪ねるというのは案外気恥ずかしいものだね」

「恐縮です」

駅前にぽつんと佇《たたず》むビストロは、信好が想像していたよりも広い造りだった。二、三年前に開業したのではなかったか。さびれた駅前の景色に、ひとつ目立たないブローチを着けたような店だった。外食とは縁のない生活が続いている。相手は義父だ、緊張するのは仕方ない。義父はランチメニューの手ごねハンバーグを頼み、食後は紅茶にするという。信好も彼に倣《なら》った。

「どこで会おうかいろいろ考えたんだけれど、検索していたらランチの美味《おい》しそうな店を見つけて。思ったよりも静かなところで、いいね」

義父は滅多に会うことのない娘婿《むすめむこ》に、今年もあと十日というときに電話を寄こし「たまには男ふたりで昼飯でも食べよう」と言った。娘は抜きで、という意味と受け止めた。

彼が選んだ待ち合わせ場所は信好の自宅近所のビストロだった。この関係の埋めきれない溝を感じたまま、信好は除雪を済ませた足で駅前へとやって来た。

「引っ越しの手伝いも新居を訪ねることもせずにいて、済まないことだと思っているよ」

「いや、本当に恐縮です」

いつからか佇まいの良いひとだと思うようになった。気遣いの方向を間違わない男として、信好はまだ紗弓の父の足下にも及ばない。悔しく思うことさえ、許されていないような気がしていた。

「なんだか今年は白いものが多くて冬が早い気がするね。このあいだまで扇風機を回していたのに、あっという間に初雪を見たし。最近は一年が早くて驚くよ」

引っ越し後、少しは落ち着いたかと問われ「おかげさまで」と答えた。窓の外ではまた、ふわりふわりと小粒の雪が落ち始めた。風がないので、今夜にかけてまた積もりそうな気配だ。

運ばれてきた皿には野菜サラダと自家製ピクルスが添えられ、ころりとしたハンバーグが彩《いろど》りよく盛りつけられていた。テーブル上にナイフやフォーク、箸《はし》を納めたランチタイム用の籠《かご》がある。紙ナプキンをずらし、籠の中から義父が箸を選んだ。差し出された箸を受け取る際再び「恐縮です」と言いそうになり唇に力を入れ止めた。

旨《うま》い店だね、と語りかけられ「はい」と返す。紗弓の実家に行ってからほとんど、信好から話題を振ったり語りかけたりすることがない。紗弓の実家に行ったときもそうだった。紗弓がこの人のもとで穏やかに育った女だということもよくわかった。

しみが浮いていてもほどよく艶《つや》のある手の甲や、長年連れ添ったであろう時計のベルト、糊《のり》の利《き》いたシャツの襟とセーターも、なにひとつ義父の輪郭からはみ出さない。大学を退いたあと、再就職の誘いを断り続けていると聞いた。

結局、なにがどんな味だったのか分からぬままに食事を終えた。食後に運ばれてきたデザートは、ガトーショコラに自家製アイスを添えたものだ。ようやく口の中に甘みを感じるころ、義父が遠慮がちに言った。

「アルバイトを、していると言っていたよね」

「単発ですが、月に何度か」

穏やかな声が追いかけてくる。

「信好君に頼みたいことがあるんだけれど、いいかな」

「自分にできることでしたら」

「できると思うから、頼みに来たんだ」

静かにそう言われてしまうと、返す言葉がなくなった。信好は紅茶を飲み干し、言葉を待つ。義父の話しかたは視界の端に揺れ落ちる雪とよく似ていた。

「大学の後輩で、今は映画関係の本を何冊か出している男がいるんだよ」

「映画関係、ですか」

「評論とか研究とか、そっちのほうなんだけどね。岡田国男《おかだくにお》というのだけど」

――その男の名なら知っている。

数年前に東京から道内に住まいを移したと噂《うわさ》で聞いた。イベントが企画されるたびに講演の要請をしているが、まだ実現していない。

控えめに評論家の紹介をしたあと義父が、最近は資料の収集と整理、原稿の清書やパソコン周りの知識が追いつかないようなんだ、と言った。雑誌の連載もいくつかあり、いよいよ助手を雇い入れたいということになったという。

本人から「誰かいい人をご存じないですか」と相談された義父が、信好を思い出した。自分は、義父に疎《うと》ましがられているわけではなかった。けれどひとり娘に生活の負担を強いている男へ、嫌悪《けんお》がないと言ったら嘘《うそ》になるだろう。そうでなくては信好のほうがやりきれない。

小粒の雪がみるみるうちに数を増した。曇天、曇天と音をたてながら景色を変えてゆく。沈黙のあいだに訪れた空の陰りは、いまの心もちにそっくりだ。

多少でも映画に詳しい人間と思われるのは嬉《うれ》しい。けれど、評論と研究を生業《なりわい》にしている人間のもとで「勘と実践」が頼りだった映写の技術が役にたつのかどうか。願ってもない職場だと素直に喜べない卑屈さをどうしよう。この場で「ピンク映画時代が長かった」とも言い出せず、黙りこんだ。

「嫌なら、遠慮なく言ってほしい」

「光栄に思っています。お顔に泥を塗るようなことにならなければいいんですが」

正直な気持ちがこぼれ落ちた。こちらの知識の浅さが露呈すると同時に、義父に恥をかかせることにならないだろうか。

目の前の静かな微笑《ほほえ》みが窓のほうへと逸《そ》れ、再びゆっくりと戻ってくる。

「実は、女房の体調がいまひとつでね。この話が進むと、とても喜ぶと思う。ありがとう。わたし自身、君に失礼なことを言っているという自覚はあるんだ。すまないね」

「お義母《かあ》さん、体調がお悪いんですか」

「年明け、循環器系内科に検査入院をすることになっているんだ。大げさにするほどのことでもないので、紗弓には黙っている。あれは小さい頃から心配性で困る。信好君があの子を支えてくれているのはよくわかっているつもりだから、おかしな遠慮は要らないよ」

「すみません」

義父の眼差《まなざ》しは変わらず柔らかい。この瞳《ひとみ》を曇らせることも、紗弓に隠しごとをすることも、自分が再び社会で役に立たないと思い知ることも、どれも嫌だった。窓辺に積もるひとにぎりの雪が悔しい記憶を覆《おお》った。

「長いこと職に就かず、申しわけありません」

義父は「そういうつもりではないよ」と穏やかに語尾を伸ばした。まるで寄せては返す波の問答だ。波長は合っているのに終わりがない。

店内から客が退《ひ》き始めた。レジで会計を済ませた義父に礼を言う。信号が青になるのを待って、店の軒から出た。止《や》む気配もみせない雪が、ダウンジャケットを滑り落ちてゆく。

「面接の詳しい日程を聞いて、また電話するよ。今日はありがとう。会えて良かった」

「お気をつけて」

改札を抜けてゆく後ろ姿に、信好は再び深く頭を下げた。男として一生敵《かな》わぬ予感は深まる一方だが、居心地の悪さは初めて会ったときより薄れていた。

義父の頼みでもうひとつ大切なことは、どうか今日のことは娘には言わずにいて欲しいというひと言だった。信好は彼のささやかな願いごとについてあれこれと考えながら家路を歩く。勤め人の帰宅時間にはまだ早かった。人通りのない線路沿いを歩きながら、気持ちはひとつ秘密を抱えることの期待と畏《おそ》れを往復した。

その夜の玄関で、信好は帰宅した紗弓の肩に積もった雪を払い落とした。

信好にダウンコートを叩《たた》かれながら嬉しそうにしている姿を見ると、知らず気が咎《とが》めた。母親が検査入院するということも、今日の昼を彼女の父親と一緒に摂《と》ったことも口に出せない。

信好は自分のことをもう少しすれた人間だと思っていたので、彼らに持った印象があまりにも透明なことに驚いた。気恥ずかしさを紗弓のコートから払った雪と一緒に玄関の三和土《たたき》に落とす。

図らずも、胸奥に降り積もるものが男の恥であったことに気づいた。乾きながら湿りながら、固まったり溶けたりを繰り返す感情が、義父が黙っていてくれと頼んだことがらに重なった。

面接日、雪が続いた道央としては珍しく快晴だった。義父と会って三日後、信好は岡田国男の自宅を訪ねた。久しぶりに着たジャケットが少しきつかった。しかし面接となれば、セーターとジーンズというわけにもいかないのだ。

映画にまつわるエッセイや研究を生業にしているという岡田の住まいは、札幌駅のひとつ手前の駅から西側へ十分ほど歩いたところにあった。新しい家が数軒続いたかと思うと、ぽつぽつ古めかしい建物が現れる住宅街だ。このあたりなら除雪も行き届いているし、よほどの吹雪でもない限り電車と徒歩で通うことが出来そうだ。

岡田の家は信好の母が遺《のこ》した家と同じくらい古かった。通された居間の隅に段ボールが積み重なっている。本人は五十を少し超えたくらいの印象だ。決して儲《もう》かる仕事じゃないんだと笑う頬に厭味《いやみ》はなく、飄々《ひょうひょう》とした雰囲気の独身者だった。

神経質さも漂わせつつ、それがある方向にしか向いていないことが、彼の背後にずらりと並んだ書棚でわかる。信好は並んだ本の背表紙を端から端まで眺めたい衝動に駆られながら、この面接が決して悪い結果にはならないことを予感する。

香りのよいコーヒーを挟んでテーブルに向かい合ったとき、彼は「いつからお願いできますか」と言った。いつからでも、と答える。義父の顔をつぶさぬようにと強《こわ》ばっていた肩から、力が抜けてゆく。部屋の真ん中に陣取る旧式の石油ストーブから、懐《なつ》かしい燃料のにおいがする。店主が趣味で開いているブックカフェにきたような錯覚が起こる。

「先輩のお嬢さんのお相手と伺ってます。お嬢さんには小学生のころに一度、同窓会の行事で会ったきりだなあ。たまたまこのあいだ、畑の違う分野についてのコメントを求められたときに、先輩の名前を思い出して電話をかけたんですよ。スカッと明快に誰も知らないような女優の名前が出てきて驚きました。さすがだなって。今回の助手の話も、そのときにお願いしたんです」

「義父が、女優の名前ですか」

「えー」

岡田は「え」の音を伸ばしたきり、目を泳がせ始めた。声が母音を引きずって止まった。

コーヒーの香りも鼻先で止まる。義父と女優、ふたつの単語がうまく結びつかない。

岡田が慌《あわ》てた様子で立ち上がった。椅子《いす》の周りを一周して書棚へ歩きかけたところで、そのしぐさの無意味さに気づいたのか「ごめん」と顔を歪《ゆが》ませた。

「女優ってのは、実はあっちのほうなんだ」

「あっち？」

岡田は諦《あきら》めた表情で再び椅子に腰を下ろし、半分うなだれながら「AV」とつぶやいた。相づちかと思っていた「え」は、AVの「え」だった。

「そういや君は身内だった。家族は知らなくていいことだった」

岡田は「でも僕に娘婿を紹介するってことは、いつか分かっても仕方ないと思っているとしか、考えられないんだよなあ」と首を傾《かし》げた。

「AV、女優ですか」

「いずれにせよ、僕は軽率だったねえ。申しわけない」

「義父がそちらに造詣《ぞうけい》が深いとは初耳でした」

うん――岡田の首がかくりと前に倒れた。そしてひとつ息を吐いたあと、腕組みをしたまま申し訳なさそうに身をよじった。言ってしまったあとは、少し楽になったようだ。

「いつも、教授という肩書きとのギャップが面白いなと思ってた。顔を合わせるたびに、こちらもつい訊《たず》ねてしまうんだよ、最近の傾向とか。先輩が話すと妙に品が良くて、ある一方向から社会を眺めているような、定点観測の面白さがあるんだ」

岡田は、それが義父の密《ひそ》かな楽しみというだけではなく、極めて豊富な専門知識であることを知る。どの女優がどの作品に出ていたか、どれがデビュー作で、どの作品で引退したか。復帰作と相手役の男優まで。

「それって、新作が出るたびにチェックしていないと無理ですよ」

思わず口に出た。義父が、というよりも身近にそうしたマニアがいたことに驚いている。岡田のところで働き始めればいずれ耳にすることを承知の上で、というのならここを紹介した彼の真意はなんだろう。

「新作のチェックもそうだけれど、時代による作品傾向にも精通してる。あれは昨日今日の趣味じゃない。僕は映画の評論もやるんだけれど、AVまでは行き届かなかった。いつか先輩に、その知識があれば本が書けますよって勧めたことがある」

「義父は、なんと」

岡田が苦笑いを浮かべて首を横に振り言った。

「そういうことに寛容な家族を持たなかったのも自分の幸福のひとつだ、ときたんだ」

信好は言葉に詰まった。

吐いた息がため息に聞こえぬよう気をつける。ひっそりと家族に隠れてアダルトビデオを鑑賞し、女優のデータを蓄積し、時代の傾向を分析する。男だからという理由では括《くく》りきれない、そこには誰も立ち入ることのできない義父だけの愉《たの》しみがある。知識を披露することなど端《はな》から考えていない、生きている実感を得られる彼の聖地だ。

コーヒーをもう一杯どうだ、と問われて「いただきます」と答えた。

映画にまつわる職場で働けるという嬉しさと、義父の意外な一面と、自分の口の堅さを試されているような緊張感に包み込まれた。胸の内側に積もった秘密の層が溶けぬよう祈る。気を弛《ゆる》めると爪《つめ》の先から溶けたものが流れ出てゆきそうだ。

仕事は週末二日を休みとして月曜日から金曜日まで。内容は、仕事のメールや電話の応対、資料収集と原稿の清書、整理だという。

「このボロ家もそうなんだけど、親が遺した駐車場の管理があるので、表向きはそっちの事務員になります。実際、僕個人の年間収入だけではとても助手など雇えないんだ」

半分話し相手だと思ってくれると助かる、という岡田の頰に少年っぽいはにかみが浮かんだ。年明けの五日あたりからどうだろうかと問われ「よろしくお願いします」と頭を下げた。

「映写技師だったと聞いたんだけど、札幌の映画館ですか」

「振り出しからしばらくは和製のポルノ映画専門でした。義父には言っていません」

岡田が表情を崩したあと、豪快に笑った。

「なんだかいいな、そういうのって。僕はこのとおり家族も持たなかったし、親もとうに見送ったんで、誰に何を隠そうにも、いちいち相手を探すところから始めなくちゃいけない。改めて先輩の言ったことが重みを増すね。自由ってのはあんがい寄る辺ないものなんだな」

岡田がひきあいにパトリス・ルコントの『髪結いの亭主』を出した。

――人間ってのは、幸福なだけじゃ生きてはいけない欲深いものなんだ。

自分もここから先は一ミリでも「髪結いの亭主」を脱出しなければならないのだった。

劇中で印象に残っているヒロイン・マチルドの、かなしい台詞《せりふ》が耳を過《よ》ぎる。

――ひとつお願いがあるの。愛しているふりだけはしないで。

義父の話を聞いた後では、記憶の中にある台詞の響きも変わった。このままでは女房が去ってしまうよと、誰かに耳打ちされているようでもあった。理由は、怖くて考えられない。

職を得たという安堵《あんど》の傍ら、自分の書いた脚本が世に出るというささやかな夢が体から剝《は》がれた。年が明けたら、自分は生活のために働く。岡田の提示した月給は紗弓の収入には及ばない。しかし信好に映写技師のバイトの話が入ってきたら無理のない範囲で勤務日時を調整するから、と彼は言う。

「駐車場の管理業務を含むとはいえ、僕のところの給料だけじゃ、生活するにはちょっと厳しいと思うし。そこは柔軟にやってくれれば嬉しいです」

生活、という言葉にぐらりと上半身が揺れた。岡田の仕事をサポートしながら脚本を書き続けるという選択が充分あるにもかかわらず、自分はこの一日をあきらめの理由に使おうとしていた。

義父の密かな趣味が家庭の円満と引き替えに葬《ほうむ》られているという事実に、いっとき感傷的になったものの、驚きはいつの間にか尊敬へとすり替わっていた。

帰り道、体が妙に軽かった。映画に関わる仕事が出来ることと、自分が表舞台へと出てゆけぬいいわけと、紗弓とその両親からの信頼が一度に手に入った。「北の映画館」の理事には、早々に就職の報《しら》せを入れなくてはならないだろう。

その夜台所でハンバーグを焼きながら、帰宅した紗弓に面接の結果を報せた。肉は道内産の少しいいものを選んだ。立ち上る香りを鼻で追いかけたくなる。せっかくだからと、駅前のビストロを真似《まね》て、ころりとした俵型にしてみた。

短期のバイトではなく就職だということを、受かってから報せる小心さには蓋《ふた》をする。コンソメスープを温め始めた信好の背に、紗弓がセーターの上からでも伝わるほど冷えた体を押しつけてくる。背中で「おめでとう」の声がこもっている。

「初出勤はいつ？」

「五日から。紗弓と同じじゃないかな」

紗弓は、何を着せればいいのかと本気で心配している。仕事場は自宅兼事務所で、最初はいちいち岡田の手を止めさせながら仕事を覚えるのだと告げる。服装は彼が言うように、動きやすいものがいいだろう。

紗弓が台所の横に置いた仏壇のリンを鳴らした。死んだ母親になにをどう報告するつもりなのか、細い肩は左右対称で背中もちいさい。芥子《からし》色のセーターは、信好と出《で》逢《あ》ったときにはもう既に持っていたものだ。セーターの洗濯も綿シャツのアイロン掛けも自分でやるし、服装に無頓着《むとんじゃく》な女ではないのだ。今までセーター一枚買うこともためらい続けさせていたのは、誰でもない信好だった。

「ごめん」

合わせていた掌《て》をそのままにして紗弓が振り向いた。不意の謝罪が聞き間違いではないかという顔をしている。あるいは、こちらが何を言ったかよく聞こえなかったか。二度謝ることもためらわれて、信好は大ぶりな仕種《しぐさ》で別のフライパンに玉子を割り入れた。

元日の札幌は薄曇りの空からときおり粉雪がちらついた。四人で義父と紗弓の誕生日を祝って以来だから、三か月ぶりの訪問になる。土産はいちばん気を遣わないだろうという理由で、今日もシャンパン一本だ。最寄りの地下鉄駅から地上に出ると、紗弓は歩いて行こうと言った。

「マイナス十度だって。風がないから助かるね」

白い息に向かって、寒そうだからタクシーを使おうとは言えない。何年か先、運良く生活が安定する日が来たとしても、気の小さい自分はこの瞳に向かって贅沢《ぜいたく》を提案することなどできないだろう。

紗弓は、母親が検査入院することを知らないようだ。連絡を取り合っているのかいないのか、信好にいちいち報告もしない。横断歩道で立ち止まると、白い息がそのまま結晶になって地面へと落ちてゆく。風はないが、寒さで耳が痛くなってきた。実家まであと百メートルというところで、紗弓がぽつりと言った。

「就職の報告、わたしからしてもいいかな」

「いいけど、どうして」

「なんとなく。ね、いいでしょ」

頷《うなず》くと、吐く息が頬に触れた。紗弓の留守中に義父の携帯に電話をかけ、無事採用になったことを伝えてある。今回の就職話は、自分で見つけたことにしてあった。この心苦しさを義父と共有することも、大切な採用の条件だった。

「まあ、流れに任せて、紗弓のいいように伝えてよ」

紗弓は「わかった」と言って軽く体を左右に揺らす。なにか嬉しいことがあったときの、わかりやすい仕種だ。

紗弓の実家の前にやってくると、厳《おごそ》かな元日の気配が漂ってきた。最近は注連《しめ》飾《かざ》りのある家も稀《まれ》になった。この家を守る男の矜持《きょうじ》が見えるようだ。

「行こうか」

紗弓が一歩呼び鈴に近づいた。信好も後に続く。緊張は仕方ない。浅い呼吸をたしなめて、玄関先に現れた紗弓の母に頭を下げた。

「明けましておめでとうございます。本年もよろしくお願いします」

「いつ来るかいつ来るかってお父さんとふたりでずっと待ってたんだから。もう、元日の挨拶《あいさつ》なんて面倒だから、大晦日《おおみそか》から泊まりに来ればいいのに」

義母はそこまで言って、自分が挨拶もしていなかったことに気づいたのか、慌てた様子で娘と婿を玄関へ招き入れる。

「まあ、とにかくおめでとう」

血色もいいし、別段痩《や》せた様子もない。時と場所に関係なく思ったことをぽんぽんと口にするのはこのひとの特徴と知っているので、今さら大きくは驚かない。

検査入院とはいえ、病気の疑いと入院を控えているとなれば、心頼みの娘夫婦に無《ぶ》沙汰《さた》の不満もあるだろう。なによりも、紗弓がまた切ない思いをしなければいい。この母親と上手につきあうことが、信好に課せられた仕事のひとつだった。

玄関のドアを閉めたところで、義父が現れた。上がりかまちで短く「元気そうだね」と微笑んでいる。堅苦しいことは苦手だという彼の秘密が信好の眼裏《まなうら》を過ぎった。いつどこでどう楽しめば、長い年月隠し通せるのだろう。その楽しみは大量の知識と解析、研究へと繋《つな》がり、専門家も舌を巻くほどなのだ。

上着を脱いで丸め、茶の間の入口に膝《ひざ》をついた。

「明けましておめでとうございます」

就職の面接よりずっと緊張しながら、紗弓とふたりで頭を下げる。挨拶のあと、紗弓が父親に辛口のシャンパンを渡した。歩いている間に、ほどよく冷えたのだろう。暖かな部屋で、ボトルが急に汗をかき始めた。

「ああ、お腹《なか》が空《す》いた。待ちくたびれちゃった」

母親が台所へ消えた。紗弓が慌てて立ち上がり後を追いかける。茶の間に義父とふたりになった。なにを話していいものか迷う前に、話題はひとつきりしかないのだった。台所が気になるものの、小声で短く告げる。

「先日はありがとうございました」

義父は笑顔で軽く首を振った。穏やかな表情だ。信好は台所を窺《うかが》いながらそっと囁《ささや》いた。

「お義母さん、お元気そうで良かったです」

「うん、毎日あんな調子だよ」

紗弓からはなにも聞いていない。義母の体調に関しては、信好からは触れることができない話題だった。

途切れた会話と前後して、台所からオードブルの皿を手に義母が出てきた。お盆に取り皿や箸、グラスをのせて紗弓が続く。信好は義母にシャンパンの栓を抜くよう頼まれた。見よう見まねなのでおっかなびっくりだが、嬉しそうに瞳を輝かせる紗弓の前で失敗はできない。

元日からローストビーフが盛られたオードブルを囲むのも、伝統的な生活様式を捨てて生き延びた土地の人間が持つ「らしさ」だった。古き良き日本映画には内地の生活文化を感じるが、津軽海峡を境にしてどんどん薄くなってゆくのがよくわかる。ひとの居るところには等しくそこにしかない心地の良さがあるのだ。

手が震えないよう気をつけながら、グラスに少しずつシャンパンを注ぐ。スーパーで手に入るいちばん上等なものだったが、紗弓とふたりきりで飲んだことがない。義父に注いでもらったものをひとくち飲んでみる。辛口で旨い。

やはり缶チューハイとは違う、と言いそうになり、慌ててオードブルをのぞき込むふりをした。

「たまにはお腹いっぱい食べてちょうだい。紗弓もちゃんと栄養摂らなくちゃ駄目よ。栄養不足で瘦せて行く娘の姿なんて、お父さんに見せたくないもの」

紗弓は言い返さずにオードブルの皿から少しずつ取り皿に料理を取り分けている。

義母の放言も、長年聞いていると居心地が良くなってくるのかもしれない。ついつい、穏やかな義父の表情に隠された「居場所」を探りそうになる。

妻に優しくできるのも、趣味を隠し通すという行為の贖罪《しょくざい》だとして——。

いや、と目を伏せた。信好は、この老いた夫婦を救っているのは日常のさまざまなすれ違いではないかと思った。妻が好きな言葉を使い好きに振る舞うことが義父にとっての甲斐性《かいしょう》なのだったら、それは負い目ではなく満足ではないか。

二杯目の酒を注ぎ合って、改めて彼の品良い指先を見る。紗弓がこの世で最も尊敬している男の指に、なぜなのか軽い嫉妬《しっと》を覚えた。

料理にひととおり口をつけたところで、ボトルが空いた。義母がひとりひとりの顔をのぞき込みながら「お雑煮とケーキ、どっちがいい」と訊ねてくる。

「お父さんも、飽食は今日までですからね」

義父の皿とグラスを諫《いさ》めるような口調になった。紗弓が皿と箸を置いた。

「お母さん、今日まででってどういう意味？」

「お父さん、松の内が明けたら胆のうの手術なの。本当は油ものは駄目なのよ。ときどき旨いハンバーグが食べたいなんて言って、ものすごくわたしを困らせるんだから」

「本当なの？」

義父はとぼけた目をして浅く上下に首を振る。先日一緒に食べたランチの皿が記憶を横切ってゆく。

「紗弓に言うとまたいろいろ心配するからって、今日まで黙ってたんだから。一年の計は元旦《がんたん》にありですよ、お父さん。こういうことはちゃんと報せなきゃ駄目です」

紗弓の眉間《みけん》がみるみる曇った。信好もどんな言葉を使えばいいのかわからず黙る。今まで飲んだシャンパンが逆流しそうだ。入院するのは義母ではなく、義父だった。それも検査入院ではなく手術だ。彼が年明けには明らかになってしまう嘘を吐《つ》いた理由を考える。娘を持たない身には知り得ない心の景色がありそうだ。

病院はどこかと紗弓が訊ねた。信好に甘えるときとは違う、看護師の口調になっている。紗弓が以前勤めていた市立病院の名が出た。

「胆のうだけなの？」

看護師が身内にする質問には、情け容赦がなかった。義母が妙に自慢げな顔つきで言った。

「わたしが最初に気づいたの」

遅れに遅れて、義父が口を開いた。

「まあ、ちょっと胸焼けがひどいなとは思っていたんだけどね。手術っていったって
お腹も切らないし、だいじょうぶ」
手術内容が想像できたのか、紗弓は「そうだね」と短く返した。そして顎《あご》を心もち
上げ気味にして「術日には病院に行くね」と声を戻した。
就職の報告は、雑煮を食べたあと全員が満腹になってからだった。カーテンを閉め
た電灯の下で、それぞれ足を崩す。義母はひとりがけの椅子に取り付けたマッサージ
器のスイッチを入れたところだった。
「あら、そんないい話をなんで今まで黙っていたわけ?」
「お母さんからの話題が出尽くすまで待ってたんじゃないの」
珍しく紗弓が呆《あき》れた口調になる。ぎくしゃくしながら流れていた時間をすっきりと
割り、義父が笑った。張りのある声だ。信好も続く。
すみません——謝りながら笑い続けた。義母は納得のゆかぬ表情は隠さず、それで
もこの空気が嫌ではないらしい。彼女は「それは良かったわあ」と言いながらマッサ
ージのスイッチを切った。就職祝いの乾杯は、義母の淹《い》れた濃い緑茶だった。
長く働けそうなところなのか、という問いには「心して勤めます」と返した。信好は、裏返
す言葉も、深く読まねばならないような心もちも、彼女にはないのだった。

紗弓はこの母に似ているのではないかと思った。真っ直《ます》ぐ前を向き、前しか見えない。テルにそっくりな顔をした自分の性分はどうか、と問うてみたものの、もう答えをくれる親ふたりはいない。

ひとつ信好の胸を温めるものは、義母の視界を守るのは誰でもない、長く連れ添った義父ということだった。

義父が手術を終えて一日でも早く日常に戻ることを願った。今はただ、彼の趣味が不本意なかたちで露《あら》わにならないよう祈る。生涯、妻や娘の目に触れぬよう祈り続けるしかない。それぞれの伴侶《はんりょ》への負い目は、これからの義父と自分の関係に淡い色を重ね続ける。

帰り道、雪で狭くなった歩道を信好が先に歩いた。自分の背中がいくらかでも風除《かぜよ》けになっていればいいと思いながらゆっくり進む。紗弓は少しでも道幅が広くなると、すぐに隣に並んだ。

もう少しで地下鉄の駅というところで、信号待ちの肩口に囁いてみる。酔いはとっくに醒《さ》めているはずだが、どこか浮かれ調子だ。

「俺、紗弓のお父さんとお母さんのこと好きだな」

嬉しそうに信好を見上げる瞳から視線を外した。

「ありがとう。自分のことを好きって言われるより、嬉しい」

信号が「止まれ」から「進め」に変わる。そういえば今日、新しい年が始まったのだった。

寒いばかりでもない、冬の一日だった。

休日前夜

公園沿いの白樺《しらかば》に若い葉が揺れていた。

ナナカマドの実は冬の間に鳥たちがほとんど平らげてしまった。四月の風は肌寒さの隣に初夏の予感を含ませている。紗弓は公園のフェンス越しに家の明かりを見た。信好はもう帰ってきているようだ。

父の術後の経過が良かったことと、半月先に大型連休をひかえていることで紗弓の心もちも軽い。電車の中吊《なかづ》り広告もどこか浮かれ気味だった。連休中はどこへ出かけても金がかかり人混みを見に行くようなものだ。行楽地を避け、近隣の銭湯へ出かけたり映画館へ足を運んだり、いつもよりほんの少し贅沢《ぜいたく》をしてみたい。駅前のビストロへ行ってみようと提案したのは紗弓だった。普段はなかなか行けない近所だ。最初は渋っていた信好も、三度目に誘ったところで頷《うなず》いた。

ゴミステーションの角を曲がる。玄関の鍵《かぎ》が開いていた。鼻歌が混じりそうな気分でドアを開けると、上がりかまちに信好がいた。ふたりのあいだに、女がひとり立っている。紗弓に向き直り小さく頭を下げた。玄関の薄暗い電灯の下で、そこだけ無邪気な八重歯が目立った。

「あ、奥さまですか」

信好がぼそぼそとした声で「まあ」と言ったのがいけなかった。公園の角を曲がったときの揚々とした気分はさっぱりと失《う》せて、紗弓の全身におかしな力が入る。

「初めまして、森佳乃子《もりかのこ》と言います。信好君とは第一中学の同級生だったんです」

初めまして——

その女が夫を名前で呼んでいることが不愉快なのだと気づき、慌《あわ》てて頭を下げた。白っぽいスカートスーツに少し気後れしながら、三和土《たたき》に揃《そろ》うパンプスと細い足首を見た。

「紗弓と言います、初めまして」

女は紗弓が思わず怯《ひる》むような笑顔だ。

「四月から息子がこっちの中学に通うことになって、札幌から実家に戻ったんです。ここを通るたびに、誰が入ったのかなあって。表札を見たら名字が同じだったんで、まさかと思って」

彼女の顔が一度信好に戻り「ね」と相づちを求めた。とても嫌な場面に出くわしたような気まずさは、紗弓だけのものでもないようだ。女より先に信好のほうが「じゃあ」とその場を締めた。

「あ、信好君、さっきの話だけど」

「ああ、それならぜんぜん構わないから。別にいいよ」

「返すついでにお邪魔してもいいかな。映画関係の仕事してるって聞いてすごく嬉《うれ》しかった。せっかく近所にいるんだし。日曜日がお休みだって言ってたよね。もし不在だったら出直すから、気にしないで」

曖昧《あいまい》にうなずく夫に苛立《いらだ》ちながら、押され気味の会話を聞いている。紗弓が帰ってくるまでのあいだ、このふたりは一体どれだけの時間、積もる話をしたのだろう。

「突然訪ねて来たりして、ほんとにごめんなさい」

手を振りながら玄関のドアを閉める彼女を、紗弓は黙って見送った。

しらけた気分のまま「ただいま」と言えば、似たような「おかえり」が返ってくる。動きはいつも通りで、なにやらそれも気に入らない。

信好もまだ帰宅したばかりだという。手を洗い始めたところを見て、何で洗う必要があるのか考えるとまた苛立ってくる。横から手を伸ばすと、信好が台所の蛇口を閉めずに場所を譲った。

いつもと同じ態度と仕種《しぐさ》——紗弓が話しかけなければ黙々と食事の用意を始める。玄関先にいた女のことは、意地でも訊《たず》ねない。

洗った米の水を合わせ、炊飯器のスイッチを入れたところで信好が言った。

「呼吸、浅いね」

悔しまぎれに大きく深呼吸してみせる。

ほうれん草をさっと茹《ゆ》で、刻んだ油揚げと和《あ》えた。もやしと豚バラ肉を炒《いた》めて焼き肉のたれで味をつけた。そのあいだ、信好が豆腐の味噌汁《みそしる》を作る。ふたりで台所に立つときは信好を追い越して動くことをしない紗弓だが、気持ちが苛立っているときはそうもいかない。戸棚から食器を出すたびに、玄関先で悠然と微笑《ほほえ》んでいた彼女の顔が浮かんだ。

ご飯が炊《た》き上がるまであと二十分というところで、和え物と炒め物で一杯ずつハイボールを飲んだ。夫の財布に、自由になる金があるという生活が嬉しかった。紗弓が買い置いた酒を飲むとき、信好がほんの少し苦い顔をしていたのを思い出す。

「仕事、慣れた？」

「まあまあ。今のところパソコンの入力と本棚や郵便物の整理がほとんどだけどね。

内容は先生の指示でいろいろ変わるよ」

ふたりで一緒に家を出て、同じころ帰宅する生活も四か月が過ぎようとしている。新鮮なところから一歩も動かない。紗弓は、夜勤のアルバイトを三月いっぱいで辞めた。

そのぶん俺がなんとか出来ると思うから、という言葉は、結婚したときよりもずっと嬉しかった。嬉しさの傍ら、心に蓋《ふた》があったことにも気づいてしまった。こんな時間を待っていた、という本音に慌てたことも、ほんのりと遠い。

気が乗ると、さっと炊きたての飯を握る。海苔《のり》の香りと味噌汁で終える一日の愛《いと》おしさが、紗弓の毎日を穏やかに保っている。一合ぶんの飯を大小に握り分けて、さっと塩をふって海苔で包んだ。宴の仕上げだ。あたりさわりのない会話も尽き、味噌汁のにおいを嗅《か》げば、わだかまりがひょいと顔を出す。

「ねえ、さっきの人、なんて言ったっけ」

「森さん」

「同級生だっけ」

「中学三年のときかな」

「何を返しに来るの」

「なんか、本を一冊貸してたんだそうだ」

長男の進学に伴って、実家に戻った彼女が部屋を整理していた際に見つけたのが、信好に借りたままの本だったという。どんな本かと訊ねた。

「『雪国』だって」

「それって、川端康成《かわばたやすなり》の？」

信好の視線が宙に浮き、首がゆるく傾いた。

「記憶、ないんだよね」

中学三年のときに貸してくれた、と彼女は言うのだが、当の信好にはその記憶がないという。覚えていないなら、はっきりとそう言えばいいのに。紗弓は彼女が着こなしていた膝丈《ひざたけ》のスカートスーツを思い浮かべた。

「貸した記憶のない本を返しに来るって、なんか、変」

特別拒否しない夫も、強引な笑顔でまた来るという女のことも、紗弓の裡《うち》でおかしな具合にねじ曲がる。

「中学生の子供がいるようには見えなかったよね」

「そうかな」

「着ているものとか、高いヒールとか」

「あんまりよく見てなかった。突然だったし、俺の十倍くらい向こうが喋《しゃべ》っていたし」

「日曜日に、来るって言ってたけど」

「本を返しに来るだけなら別に、そんな時間かからんでしょう」

上がってもらわないわけにはいかないだろうと、底意地の悪い言葉が喉元《のどもと》まで出かかる。

さっきも紗弓が帰宅しなかったら――

嫌な想像をしているうちに、おにぎりの海苔は湿り、味噌汁はぬるくなっていた。

それから三日のあいだ、森佳乃子の姿が頭を離れることはなかった。仕事も生活も当たり前に流れてゆくのに、耳たぶのあたりに目に見えぬちいさな棘《とげ》が刺さっている。

玉子焼きと野菜炒めと冷凍ハンバーグと煮豆が並ぶ弁当を開ける際、信好の顔が浮かぶと同時に「日曜日」へ向かう時間の憂鬱《ゆううつ》もついてきた。倹約生活は変わらず続いているが、紗弓は弁当箱の蓋を閉めながら、来客用の食器を買おうと決めた。

金曜の夜、パスタを茹でる信好の横でソースを温めながら、何気なく言ってみる。

「お客さん用のコーヒーセット、買おうかなと思うんだけど、どうかな」

「どうしたの、突然」

「その突然に備えておくの、大事じゃないかなと思って」

信好が「このあいだのこと、まだ気にしてるの」と低くつぶやいた。

「俺はそんなに気にするような話じゃないと思ってた。日曜たって、いつの日曜か分からないわけで。社交辞令の域を出ない気がしてるんだけど、紗弓はそうじゃないわけか」

「昔の同級生がまた来るって言ってるのに、玄関先で帰すほうがおかしい気がするの。本を返すだけなら、郵便受けに入れておけばいいと思うし」

相手が女だからややこしい気持ちを抱えているのだった。紗弓の知らない信好が脳裏に広がって、実にのびのびと楽しそうにしているのだ。

「いずれにしても、お客さんが来たときにコーヒーセットのひとつもないのは良くないよ」

「どこに置くの、それ」

信好の問いは静かで鋭い。紗弓は食器棚を見た。二枚三枚といった中途半端《はんぱ》な枚数の皿や、ふたり分の茶碗《ちゃわん》や味噌汁椀《わん》といった普段遣いのものが並んでいる。幅のない棚に、来客用のカップを並べられる場所はなかった。

「突然の来客に備えるのなら、すぐに出せるところになくちゃいけないでしょう」

この家には、ふたりで暮らしてきた時間があった。紗弓は改めて、裡に広がる不安のかたちを見た。ここに誰かがやってくることを、具体的に想像したことがなかったのだ。誰か、とは風呂《ふろ》工事の作業員でもなく、台所の湯沸かし器の取り付け業者でもない、ふたりの生活に多少でも興味を持った他人だ。

でも――信好が首をぐるりと回した。

「そういえば紗弓のお母さん、俺が行くとすごくいい湯飲みとかグラスで飲み物を運んできてくれるよな」

実家の戸棚には一客ずつ、母が百貨店で気に入ったものを買い足してきた陶器が並んでいた。母がその日の気分で選ぶ食器には、マイセンやジノリ、ノリタケや香蘭社《こうらんしゃ》の名が入っている。若いときは母親の見栄《みえ》に辟易《へきえき》としたものだが、いまの紗弓の心中もおそらく似たようなものなのだろう。

「あれは、母の道楽だから」

「出してもらったこちらとしては、恐縮したけどけっこう気持ちのいいものだった」

ひとつふたつなら置き場所を空けられるかもと言う。客用のカップの話をしたばかりに、夫のなかでは既に彼女を家に招く準備が始まってしまった。

「明日でも、見に行ってみるか」

「あまり高いものは無理だけど」

「百均ってわけにもいかないでしょう」

夫の言葉に、今さら嫌だとも言えなかった。

土曜日、札幌駅に隣接する百貨店は開店直後から連休目前の期待に溢《あふ》れていた。春の色ばかり目に入ってくる。今まで信好とふたりで訪れる機会のなかった場所だった。行こうと言ったのは紗弓だ。華やかな気配に真っ向から挑むような気持ちで食器売り場へと上がる。

次々に視界に入ってくる商品に、ここに居る目的がなんなのか薄れそうになる。明日やって来るかもしれない夫の同級生のため――無理に言語化してはみても、どこかいいわけめいていた。

「いっぱいあって、迷うね」

信好が半ば呆《あき》れ、感心するように言った。ふたりの後ろを、年配の夫婦が通り過ぎる。妻の通り過ぎたあとに、品のいい香りが残った。

「母の買い物に付き合っているときは、あんまり興味なかったんだけど」

「趣味とか世代とか、あるだろうし」

「正直なところ、母の見栄について行けなかったんだけどね」

「ひとかどの家庭を持つひとの、礼儀作法ってのもあるでしょう、きっと」

「見栄と礼儀か」

自分もいまそんな言葉の間でうろうろしているのだった。簡単に分けたり理解ができるのなら、こんな楽なこともない。楽に理解できないのは、一客ごとに付いた値段も同じだった。マグカップひとつも三千円からだ。いつか誰かに買われてゆく商品でありながら、紗弓の購買意欲をはなから拒絶している。

信好が「これ、どうかな」と指さしたペアセットの、デザインよりも先に値札に視線が走った。

八千円（税別）――

「ん」の音を引き延ばしながら、素早く他の値札に視線を走らせた。これがいちばん安い。直線的なデザインだ。ペアのひとつをひっくり返してみる。ドイツのメーカーだった。百均だと楽なのにね、と言いかけて慌てる。

「買える範囲って、はっきりしてるよ」

財布から出せるものに限りのある人間が、ただの見栄でこんな場所に立っていてはいけないのだと、ようやく気がついた。

「それじゃあ、もっと実用的なところへ行こうよ」

昼飯時を過ぎるころにようやく購入を決めたのは、売り場の片隅に目立たぬよう積まれた、旧モデルの二客だった。七割引きも魅力的だが、紗弓の決め手は「なんの変哲もない」ことだった。ボーンチャイナの白さが清々《すがすが》しく、デザインはシンプルに徹してなんの印象も残らない。できれば客用としてではなく、自分のために使って心の戒めにしたいくらいの簡素さだ。

「なにか食べてから帰ろう」

エレベーターに乗り込んだ信好が、レストラン街へのボタンを押した。

「何を食べる？」

鰻屋《うなぎや》の前で歩みを止めた信好に気づかぬふりをする。

「蕎麦屋《そばや》なんて、どうかな」

席に着き、信好が焼酎《しょうちゅう》の蕎麦湯割りをふたつともり蕎麦を二枚頼んだ。紗弓はその姿に、父と母の膨大な時間を支えたものが何だったのかを思った。昨日も今日も明日も、ふたりで生きているふたりだ。

電車で札幌まで出て、明日の不安に耐えている滑稽《こっけい》さ――煮詰まってゆく出口のない思いを、蕎麦湯割りで薄める。

「昼酒は、効くね」

「うん。でも美味《おい》しい」

信好は紗弓の気持ちには気づかぬふうで、ぽつりと言った。

「蕎麦屋で紗弓とこれを飲んでみたかったんだ」

日曜、午後二時に森佳乃子が玄関に現れた。来れば不愉快、来なくても不安なことに変わりはない。彼女はしっかりと化粧をして流行《はや》りのジーンズと仕立てのいいシャツに身を包んでいた。

「あら、中はいま流行りのリノベーションだったのね」

「住めるようにするのが大変だったよ」

「おばさんがお元気だったころ、一度上がらせてもらったことがあるの」

「何の用で――」

信好の問いは、彼女の視線が台所脇《わき》の仏壇を見つけたことで遮られてしまった。佳乃子は半ば駆け寄るようにしてリンを鳴らし、手を合わせる。

テーブルの前に正座した佳乃子が、テルはいつ亡《な》くなったのかと問うた。訥々《とつとつ》と信好が答える。

湯を沸かしながら、手渡された土産を台所で開いた。ペンケースのような小箱に、二センチ角の生チョコレートが行儀良く二列に並んでいた。

戸棚の上段に並んだボーンチャイナの一客を出した。ドリップでコーヒーを淹《い》れる。信好用のカップは普段使っているものだ。

コーヒーカップのことはあれほど気にしたくせに、菓子のひとつも買っていなかった。受け皿にひとつチョコレートを添えてテーブルに出した。信好のマグカップの横にも、チョコを載せたガラスの小皿を置いた。信好の肩口近く、斜め後ろに座る。

「すごく可愛《かわい》らしい奥さま。ごめんなさい、お名前を失念してしまって」

紗弓に視線を移した彼女は、その頬をいっそう高くしてカップを持ち上げた。紗弓の苦手な、きつい目化粧だ。

「紗弓と言います」

「どんな字ですか」

「糸へんに少ないの紗、弓矢の弓です」

訊ねられるまま、名前の文字と生年月日を告げた。佳乃子が傍らのバッグから手帳を取り出し、開いた白紙部分に縦書きで四文字並べた。

「わたし、姓名判断もするの」

漢字一文字ずつに画数を書き込み、名字と名前と全体それぞれを組み合わせて、二重丸や三角をつけている。

ああ——佳乃子がため息をついた。

「ものすごい努力家だけど、人づきあいが苦手でしょう。自分から悩みを作っちゃうタイプ？　浮き沈みはあるけど、芯《しん》の強さで乗り切って行くひとね」

旧姓を訊ねるので曖昧に頷いてお茶を濁した。

「いいのよ、遠慮しないで」

「遠慮じゃなくて——すみません苦手なんです、占いとか」

佳乃子が眉尻《まゆじり》を下げた。気の毒そうな表情を向けられて、背筋は伸びるがつい顔が下を向いてしまう。信好がやっと口を開いた。

「もしかして、おふくろも、あんまり興味なさそうにしてなかった？」

佳乃子は深く頷き「よく分かったわねえ」と感心している。

「そういう人だったから」

夫の素っ気ない態度が、鈍感さだけなのか計りかねた。

ひと呼吸分もない短い沈黙のあと、佳乃子がやっとバッグから一冊の文庫本を出した。

「ほんとにごめんね、これなの」

退色はあるだろうが、傷《いた》みの少ない本だった。テーブルの上に置いたあと、指先がカップに伸び、正方形の生チョコレートが彼女の口元に消えた。

「紗弓さん、チョコお嫌いじゃなかった？」

「好きです、ありがとうございます」

信好が『雪国』を手に取った。首を軽く傾《かし》げながら「頭でっかちな中学生だな」とつぶやいた。

「信好君、昔から本と映画の話が好きだったでしょう」

「そうだったかな」

「覚えてるよ、わたし。クラスでもちょっと大人びた少年だった」

「もう、くたびれた中年だけどね」

「それを言ったら、お互いさまよねえ」

佳乃子はけらけらとよく笑い、そのたびに紗弓にも話しかけてくる。札幌に暮らす両親がいることも、信好の仕事先も、彼女は実にうまくこの家の情報を女房から仕入れてしまうのだった。

窓の外を、近所の子供たちが走ってゆく。佳乃子がひとつ息を吐いて、しみじみと言った。

「昔は畑だったあたりも、舗装道路と新築の家が増えて、第二世代って感じよねえ。うちの子が自分と同じ中学に通っていることも、なんだか不思議な気分。時間の早さについて行けなくなっちゃいそう」

信好はそれに答えず、手にした文庫本を眺めている。じきに、誰の視線も交わらなくなった。沈黙が、彼女の声で消えてゆく。

「実家に戻って改めて年を取ったなあって思ったの。まさか自分が親のことや子供のことで心細くなったりするなんて、ちょっとびっくり。わたし、帰ってきた独身さんだから」

彼女は何かを思い出したように「そうそう」とひとり納得した風でバッグに手を伸ばした。

「姓名判断もタロット占いもあんまり興味ないかもしれないけど、実は他にもいろいろやってるの。もし良かったら、これ置いていっていいかな。お暇なときでいいから、説明させて。きっとお役に立てると思うの」

彼女が文庫の次に取り出したのは、ダイレクトメールの入った封筒だった。

「冠婚葬祭の互助会なんだけど」

そのあとの言葉はあまりにもよどみなく、滑るように右から左へと流れて行った。紗弓は彼女の目的がこぼれ見えたことで、相づちを打ちながらも、ここ数日の緊張が解けてぼんやりとしてしまう。放り投げた視線の先に、昨日買った来客用のカップがあった。紗弓の心もちを映して居心地が悪そうだ。

いざというときのために——何度か繰り返される言葉にそろそろ頭も麻痺《まひ》しかけたころ、信好が言った。

「わかった、ありがとう」

ぷっつりと会話が途切れた。森佳乃子の表情は曇らなかった。

「せっかくの休日に押しかけちゃってすみません。でも、久しぶりに同級生に会うっていいものね。すぐに十代に戻っちゃう」

彼女は暇《いとま》の際も、足が痺《しび》れた様子なく立ち上がった。

外に出て彼女が角を曲がるまで、紗弓は信好とふたり春の夕風に冷えた。

テーブルの上を片付けたあと、台所でチョコレートの箱を開いた。行儀良く二列に並んでいるチョコのひとつを口に入れる。箱の中に、パズルの一角みたいに凹凸が現れた。鼻の奥に、上質なカカオの香りがする。横のひとつを失ったチョコは肩先が寒そうだ。

こらえきれないさびしさが、甘みと一緒に喉元を滑り落ちてゆく。甘いこともよい匂《にお》いも、ひとつの戒めとして紗弓に残る。たしかこれは、カカオだけならば、ただ苦いだけのものではなかったか。信好がテーブルの上の文庫本をぱらぱらとめくっていた。

「チョコレート、美味しいよ。ひとつ食べない？」

「それじゃあ、ハイボールでも作ろうかな」

一緒に台所に立ち、グラスに氷を入れる信好の横顔を見た。用心深い仕種でウイスキーを注ぐ。冷蔵庫から出した炭酸を、グラスの壁にやさしく滑らせた。

「はい、いっちょうあがり」

テーブルに戻り、角を挟んで腰を下ろす。つくづく心の狭いことだと思いながらも、森佳乃子のいた場所に座る気になれなかった。ハイボールをひとくち飲んで、信好を真似《まね》てチョコレートをかじる。さっきよりもはるかに豊かな香りと欲深い味が広がってゆく。

グラスの三分の一を飲んだところで、信好が大きく息を吐いた。

「森さんって、たしか中学校へ行く道の角にある大きな家に住んでた。うちのクラスには三年のときに編入してきたんだ」

紗弓は夫の言葉にうまく答えられない。

彼女は本来ならば信好よりも一学年上だった。一年間の不登校を経て編入したクラスに、信好がいたのだった。

「今よりずっと体格が良くて、すごく静かな人だったと思う」

クラス全員が彼女に注目したのは、文化祭のときだった。合唱コンクールで、担任が彼女にピアノ伴奏をするよう指示したとき、しばらく席を立たなかったのだという。

「何度も名前を呼ばれてざわつき始めたところで、本当に嫌そうにピアノの前に座ったんだよね。担任としてはクラスになじませる絶好の機会だと思ったはずなんだよ。けど、そんな見え透いた手が通用するような相手じゃなかったんだ」

森佳乃子は当時、全日本のピアノコンクールで第二位になったばかりだった。一年に及ぶ不登校の理由はわからない。クラスの誰にも知らされていなかった特技を、うまく学級運営に使おうとした教師のもくろみは外れた。

「調律が行き届いているとは思えないピアノで、弾いているあいだは彼女のリサイタルみたいだったよ。リクエストに応《こた》えてただけで、得意になっている感じでもない。みんな課題曲なんか歌う気が失《う》せて、先生もぼーっとしてたなあ」

合唱コンクールは結局、歌がピアノの迫力に届かず惨敗《ざんぱい》。彼女はまた、教室の隅へと戻っていった。

「そういえば、森さん、ピアノのことはひとことも言わなかったな。訊《き》く隙《すき》もなかったけど」

信好が文庫本を手に取り、最後のあたりを開いて見せた。のぞき込む紗弓の目に、奥付のページが飛び込んでくる。夫がなにを言わんとしているのか分からず、首を傾げた。

「やっぱりこれ、俺が貸した本じゃない。記憶にないのも当たり前だ」

夫が指さす奥付の一行に「百三十二刷」とある。刷られてからまだ十数年しか経《た》っていなかった。

「俺がとうに中学を卒業したあとに刷った本」

さびしさともかなしみともつかない、怒りでもない、まして安堵《あんど》でもない。きめの細かな砂が、胸の内側を削りながら滑り落ちてゆく。しくしくとやりきれない。

「きっと、誰かと勘違いしてたんだよ」

少し得意げな信好の言葉は、昨日までの紗弓が欲していたものではなかったか。思わず「違うよ」とつよい口調になる。この、優しさに名を借りた鈍感さに傷ついたのは紗弓だけではない。

「なんか、それってひどいよ」

「覚えてないんだから、仕方ないでしょう。自信たっぷりに説明されたら、俺はただ聞くしかないし」

無意識の同情と黙殺を、優しさとは呼ばない。

森佳乃子から伝わり来る、過剰に鈍感めかした気配を思い出す。信好と紗弓、お互いが背中に隠した「優しさ」を想像した。

「俺としては、彼女にもなにか事情があるのかな、って」

姓名判断――か。森佳乃子の言葉が再び紗弓の背中を撫《な》でた。

自分から悩みを作っちゃうタイプ？

間違ってはいないけれど、あたってもいない。二列に並んだチョコレートのように、片側があけば心細い。それだけだ。

抱えた「事情」を、おいそれと口に出せないのは自分も同じだった。

紗弓はこの数日で、どうにも加工の利《き》かない己の地金を見た。何があっても隠しておかねばならぬ、これは女の底だろう。

「なんか、ちょっと――」

「どうした」

「なんでもない」

薄くなったハイボールを飲み、紗弓は軽く信好の体を床へと押し倒した。されるままになっている夫の、仕方なさげに天井に向けた眼差《まなざ》しへと近づいてゆく。

男の瞳《ひとみ》に、自分の顔が映る。

理想のひと

八月に入り、気温が三十度を超える日が続いていた。

札幌市郊外の住宅街も、アスファルトの照り返しがきつい。エアコンに頼りたいところだが、岡田国男事務所にある冷房機器は扇風機が一台のみ。住宅兼事務所のため、岡田が眠るときは寝室へ行き、信好が出勤する朝には茶の間兼事務室へと移動する。

岡田がコーヒーを淹《い》れて信好を迎えた。勤め始めた当初は雇い主に給仕を任せることに戸惑ったものの、彼が趣味として楽しみにしている時間でもあると気づいてからは、ありがたく飲んでいる。味を訊《たず》ねられたときは素直にひとこと述べた。

岡田が台所に立っているあいだ、信好はすべての窓を開けて網戸の確認をし、扇風機を首振りにした。よし、と立ち上がる。岡田の机に風が届いてチェックを終えた原稿が舞い上がった。

「先生、原稿の側を離れるときは上に文鎮か辞書を載せてくださいね」

「ごめん、またやっちゃったな」

映画評や映画にまつわるエッセイなどを専門にしている岡田の助手となってから、七か月が過ぎた。信好は急いで七枚の原稿を拾い集めた。メモを丸めた紙くずがひとつふたつ落ちているのを拾い、ゴミ箱に入れる。

床は、フローリングというよりは古い校舎の板張りに近い。仕事の終わりに化学モップをかけるのも信好の役目だった。昨夜はなかった紙くずだった。岡田は信好が帰ったあとも仕事をしたのだろう。

拾い上げたA4のコピー用紙に、一枚につき原稿用紙約三枚ぶんの文字が詰まっている。コピー用紙七枚は、手書き原稿用紙にして約二十枚の分量だ。パソコンのワープロソフトに入力するのは信好の仕事だった。

散った原稿のノンブルを揃《そろ》えて机に戻し、上に岩波の辞書を載せた。季刊誌で連載している長めの映画エッセイだ。

岡田の文章は、口当たりの良さに油断していると、ときどき刺すような一行で突き放されることがある。読み終えると甘口なのか辛口なのか考えてしまうことが多い。岡田は自分の武器の使い方を完全に理解した書き手だった。彼の洞察力と映画作品に対する包容力を目《ま》の当たりにしてからは、単純な良否の線引きも薄れてきた。

細々と書き続けている身にとって、岡田の原稿から学ぶことは多い。

その岡田が最近おかしかった。

机の上の原稿が扇風機で舞い上がるというのは序の口だ。

事務室の壁は本や映像資料で埋まっているが、本来は民家の茶の間なので北側に水回りがある。勤め始めたころに積み上がっていた段ボール箱の資料は、最近やっと振り分けが済んで棚に収まった。台所までのあいだに、接客と信好の作業台を兼ねた応接セットがあるのだが、七月半ば過ぎあたりから岡田は、二日に一度は足の指を打って悲鳴を上げた。段ボールを片付けてからは間違いなく動きやすくなったはずの仕事場で、岡田は体をぶつけながら歩くのだった。

コーヒーの豆を切らして、信好が出勤してから慌《あわ》てて行きつけの店に走ることもある。

椅子《いす》の脚に小指をぶつけうずくまる岡田に、冗談で「体の軸が狂ってるのかもしれませんよ」と言った。けれど、真面目《まじめ》な顔でうつむかれてからは冗談も控え気味だった。なにか気になることでもあるのだろうと、気がかりな風が通り過ぎるのを待っていた。

「先生のチェックが終わったら、担当さんに送りますね」

「もう一回読み返したら渡すよ」

今のところ仕事と原稿内容に大きな影響はなかった。気になるとすれば、岡田が快諾してくれた「北の映画館」主催の講演会だ。あまり人前に出たがらない岡田に「このお願いは僕しかできなくて」と頭を下げて頼み込んだものだ。

応接テーブルにカップを置いて、岡田が机前の事務椅子に腰を下ろした。信好用のマグカップにはマリリン・モンローが、彼のカップには竹久夢二《たけひさゆめじ》の黒猫を抱いた女がプリントされている。まったく違うようでいて、毎日洗って並べていると、モンローも夢二の女も実は方向が似ているのではと思えてくる。

「最近、変わったことはないかい」

岡田には軽く首を傾《かし》げる癖がある。質問に限らず、言葉の最後はたいてい右肩へと頭が傾く。肯定も否定も、挨拶《あいさつ》も、困惑もみな同じだ。

「駐車場のほうは、特別ないようですが」

この春、岡田が所有している駐車場に盗難車が乗り捨てられていたことがあったので、そのことかと思い答えた。

「いや、そっちじゃなく」

口の中でもごもご言葉を揉《も》んでいる岡田の様子は、やっぱりおかしかった。信好が面接にやってきたときでさえ、話を聞く前に「いつからお願いできますか」と言った男だ。人と対峙《たいじ》するときに不信感や猜疑心《さいぎしん》というものが最初からないのだ。この男に使ってもらえる自分を信じようと思ってから、半年以上が過ぎた。

変わったこと——とつぶやいたあと、あまり構えもせずに「先生が少し」と言ってコーヒーに口をつけた。

「僕が少し——やっぱり変かな」

声が低くなった。岡田も多少の自覚はあったのだと気づき、信好は背筋を伸ばした。

「ときどき、家具にぶつかって歩いてます」

岡田は「うぅん」とひとつ唸《うな》り、夢二の女を目の高さに上げた。

女か——

妙に合点がいって、それゆえ信好は言葉を探す。岡田が信好との会話を原稿に反映させることも多くなっていた。多少なりとも映画に関わってきた自分に求められている仕事のひとつが「よき話し相手」でもあるのだ。

「なにか、気になることを抱えていらっしゃるんですか」

「このあいだ、見合いをした」

岡田の首が右へと倒れ、視線は床に向けられている。

意外なほどあっさりと放たれた言葉に、どう反応していいのか分からなかった。考えてみれば、岡田に女っ気のないことのほうがおかしいのだ。知り合う機会は望めばいくらでもありそうなものなのに、彼は積極的に異性と関わることをしない。こちらの反応を待つ岡田に、信好がやっと言えたのは「いいんじゃないでしょうか」だった。慣れない局面に在るのだ。仕事場であちこちにぶつかったり、日々の決めごとや習慣がほんの少し崩れたりということが起こっても不思議ではない。

「ご結婚されるんですか」

「わかんないんだよ、それが」

断るでも決めるでもない、口も重たく表情も硬い。嫌なら、と言いかけてやめる。岡田がもしも戦術として先方から断られるような状況へ持って行けるような男ならば、信好も彼の仕事や人柄をこんなに仰ぎ見ることもなかったはずだ。

「なにか、困ったことでも」

「なんというかな、気立てのいいひとだとは思うんだよね。ひとり残った母親が、介護施設にいるんだ。その母親が月単位で弱っているらしくてさ」

「そういうときに、見合い話ですか」

そこなんだ——岡田が我が意を得たりという顔をして、身を乗り出した。夢二のマグカップをテーブルに置いて腕を組む。信好もつられてモンローをテーブルに置いた。

岡田は窺《うかが》うような目で、幾分早口だ。

「奥さんって、信好君の理想の女《ひと》だった？」

岡田の口からそんな言葉が漏れたことも驚きだったが、何より信好が言葉に詰まったのは、紗弓が理想の女かと訊ねられたときにその場で大きく頷《うなず》けないことだった。

「一緒にいる女房が理想かどうかと訊《き》かれましても」

モンローや夢二の話ではなく、現実に娶《めと》った妻についてなのだった。先ほどの気配から一変して、岡田は真剣な瞳《ひとみ》で問うてくる。

言葉に詰まっているうちに、気づいたことがある。岡田が五十を過ぎて結婚に踏み切れずにいた理由がもしも理想の高さゆえなら、モンローも夢二も納得だ。

「先生、まさか見合い相手がご自分の理想かどうかで悩んでるんじゃないでしょうね」

今さら、という言葉をぐっと飲み込む。岡田が首を横に振った。ふと、机の上にあるチェック済み原稿を清書したときのことを思い出した。今回のテーマがまさに「理想の女」だった。信好の視線に気づいた岡田が、気まずい表情を夢二の絵柄で隠した。

原稿のなかで、岡田が熱く語っていた女優を思い出す。信好は「恐れながら」と小声で前置きをした。

「うちの女房が理想かどうかはすぐに答えが出ませんけど、少なくともオードリー・ヘップバーンではないですよ」

うん、と頷いた視線が一度机の上を振り向き見て、戻る。信好自身に理想の女性があるのかどうか訊ねた。いるのかどうかではなく、あるのか、というところが岡田らしい。

「特別、考えたことないですね」

こんな問いのときに、おおかたの男がするだろう無難な答えを返してしまい、内臓がほんの少し縮んだ。

「別にヘップバーンでも小百合《さゆり》じゃなくてもいいんだけどさ。なんというのかこう、いくら年を取っても、ずけずけっとものを言うときには可愛《かわい》いひとであってほしいじゃない」

「ずけずけ、は駄目ですか」

「苦手だね。そのくせ若い女の子にはそこを許しちゃうから嫌だよね。別に年齢で分けてるつもりもないのに、ストライクゾーンの大人の女のひとにはあまり寛容になれないんだろうね」

ひとまわりふたまわりといった年下への寛容さについては、信好もなんとなくだが理解できる。若い女の前では信好も同じように「俺は安全」を主張するだろう。なにが安全なのか主張した段階で底が割れようものだが、ありがちな防衛策だ。卑屈の壁を突破できるのはひとにぎり。

岡田が夢二のカップで半分顔を隠したまま言った。

「年を取ると人間、少し底意地が悪くなるんだ。キラキラしたものへの不信感とかさ」

「お見合い相手は、ずけずけのキラキラだったんですか」

「百貨店の宝石部に勤めてる、ある意味キラキラな五十代。施設に預けてる母親がもう娘の顔をかなり忘れてるんだそうだ。薬の影響もあるらしいんだけれどね。そんな母親を見てると、無性に自分は男のそばにいたいと思うようになったというんだ」

新しい出逢《であ》いを求めて上司に縁結びを頼んだというそのひとは、初対面の日に己の置かれた状況を話し、将来的に籍を入れても入れなくても自由、今の自分を気に入ってくれたならつきあってくれ、と真剣な目をしたという。

「見合いというのとはちょっと違ったね。結婚を前提としない交際相手なら、百貨店なんていう華やかな職場で働いていればいくらでも見つけられるだろうにと思ったよ」

五十を超えた宝石部のフロア主任は、自分には男を見る目がないという理由で上司に縁談を頼んだ。相手が初婚であること、組織には属さない仕事があること、趣味と友人が少ないことを条件に挙げられ当惑しながらも、上司が真っ先に思い浮かべたのが映画評論を生業《なりわい》としている岡田国男だった。

「そんな話を、なんの遠慮もなく初めて会った男にするんだよ」

「ずけずけ、というのとは違うような気がしますけど」

うん――ときおり返事が渋くなる。当惑している様子も見えるが、岡田はこの見合い相手をまんざらでもないと思っているのではないか。そうでなくては、ここ最近のうっかりに説明がつかない。

「事情はそうでも、出来ればそこは隠しておいて欲しいかなと思ったわけだ。本音ってのはひとつの暴力だしね。そこまで言わずともいいところを、言わなきゃわからない男だと思われてるのかなと」

その後相手から出てきた要求は簡素で、キラキラの欠片《かけら》もなかった。

――この先、なにも分からなくなってゆく母の死を、隣で一緒に見て欲しい。

「結局、たまに会って、母親の入所している施設に行って、映画の話をしながら食事して帰ってくる」

もっと艶《つや》めいた話もありそうなものだが、そこは抜け落ちているという。内側の温度を知ったがために、体温を確かめる機会を逃すこともあるらしい。己の分別に戸惑っている岡田が映画の話をしながら食事をしているところを思い浮かべてみる。信好の腹筋から力が抜けた。

「それって大人の、落ち着いた男女交際だと思いますよ」

理想云々《うんぬん》という問いかけは信好に向けられたものではなく、岡田の自問だったのだ。うっかりの原因が「いいのかこれで」という思いだとわかれば、あとは信好が事務所にある家具のあいだをほんの少し広げておけばいい。

その日彼女について再び話があったのは、出版社に原稿を送り、明日使う資料を整理し終えた帰りがけのことだった。

「信好君、実は彼女が四人で食事をしたいと言っているんだ」

「四人って、誰と誰ですか」

「きみと奥さんと、僕らだよ」

右に傾げた顔に照れと気まずさが入り交じり、瞳が落ち着かない。信好は次の言葉を待った。

「なかなか言い出せなくてさ。朝は情報を出す順番を間違った気がするよ。先にそれを言えばよかった」

四人で食事、という案件が岡田の頭を離れなかった時間を思うと、信好もそれ以上ためらう素振りを見せるわけにもいかない。

「妻も喜ぶと思います」

言い出せないひとことは、夕どきを待って岡田から信好へと移ってきた。一か月前に仕事場を家の近くの個人病院に変えた紗弓は、二割ほど下がった収入のやりくりのため、以前にも増して生活費を締めようとする。信好が働き始めてから多少は蓄えにも回せているはずだが、財布の紐《ひも》は固い。

四人の食事となれば多少は気を遣うことになる。信好は駅のホームで汗臭い風を受けながら、財布の中身を思い浮かべた。

お盆を前にした平日の夜、四人で食事をすることになった。

屋外は夕どきになっても二十五度から下がらない。熱帯夜もわずか半月のことなのだが、まさかこの時期に百貨店のお好み焼き屋で鉄板を囲むことになるとは思わなかった。

岡田の隣にいる彼女はふっくらとした両手を胸元で重ね、四人での食事をとても喜んでいる。この店を選んだのも彼女だった。改めまして、と岡田が少々鼻の下を伸ばし気味にして彼女を紹介した。

「大村百合《おおむらゆり》です。このデパートの宝石売り場に勤務しています。今日はご無理申し上げてすみませんでした。お目にかかれてとても嬉《うれ》しいです」

後半は紗弓に視線が定まっていた。信好は「大村百合」と頭の中で繰り返し、なるほどと納得した。ヘップバーンでも小百合じゃなくても、と言った岡田の言葉が通り過ぎてゆく。そのひとは顔のパーツはそれぞれ大きいが化粧は薄く、全体的に丸い印象だ。宝石部と聞いて身構えていたが、彼女は胸元にも指にもアクセサリーを着けていなかった。白いTシャツに薄いブルーのカーディガン姿だ。

彼女が腺病質《せんびょうしつ》な岡田の隣にいると、それだけで男女の年輪か一対の置物を観《み》るような心地よさがあった。年齢も姿かたちも、穏やかさに包まれている。なにより、人見知りな紗弓がいっぺんに彼女の包容力に傾いてゆくのが感じられて、信好はほっとした。

「デパートの宝石売り場って、限られたひとしか入っちゃいけない気がしてました」

「目の保養って言いながら、くるりとひとまわりして微笑《ほほえ》んで帰るひとがほとんどですよ。いつでも遊びにいらしてください」

外は熱帯夜だが、冷房の効いた店内で鉄板を囲んでいた。ハイボールと牛すじ煮込み、玉子焼きをつつきながら、お好み焼きが焼き上がるのを待っている。店の名を告げられたとき、ほっとしたのを思い出した。そう大きな額にはならぬだろうという予感に救われたと同時に、四人で食事をすることになったいきさつに思いが及んだ。

大村百合が見合い相手に求めた条件が「趣味と友人が少ない」ことというのはなぜだろう。考えながら、買わぬ宝石についてあれこれと話している紗弓の横で牛すじをつまむ。女ふたりの会話を、喧噪《けんそう》が包んでいる。静かな店で慣れぬ洋食器を使うよりずっと楽だ。岡田もハイボールを飲みながら、この時間がまんざらでもない顔をしていた。

「岡田さんに伺ってからずっと、お目にかかりたいと思っていたの。ご主人は映画の脚本を書かれているんですってね」

紗弓の言葉が止まったのを引き受けて仕方なく、趣味の範囲でと答えた。

「現実にあったことをヒントにされたりするんですか」

「いや、特別そうとも限らなくて。なにぶん素人《しろうと》なものですから、誰に見せるでもないもので」

二杯目のハイボールを注文した岡田が口を挟んだ。

「僕は、このあいだの応募作はいいところ行くんじゃないかなと思ってるけどね」

紗弓の顔が信好に向けられた。応募の件は言っていない。義父の紹介で得た仕事をしながら、まだ夢の尻尾《しっぽ》を離さずにいた。雇い主の岡田には話せても、なぜ紗弓に知られるのはこんなにも気詰まりなのだろう。

「そうですかね」

語尾を濁らせ、ハイボールを飲み干した。二杯目が運ばれてきて、店員が鉄板の上の二枚並んだお好み焼きをひっくり返す。同じくらいの無防備さで、信好の気持ちもひっくり返った。なにやら向こう岸の視線が熱い。紗弓の背中が背もたれに戻る。

岡田がその場を持ち上げるつもりか「あれは良かったよ」と二度言った。百合が瞳をきらきらさせながら、どんな内容かと問う。男ふたりはそれぞれまったく質の異なる居心地の悪さを抱えているのだった。逃げ口上代わりに、岡田にこれ以上説明されてはかなわない。

「高齢の母親とひとり息子の、つまんない日常です」

つまんない、は余計だったかと反省しながら紗弓の反応を気にしている。正確には、高齢の母親とひとり息子とその嫁の話だった。まだ脚本の応募を続けていることが紗弓に知られただけで、今日はもう突き当たりだ。あとは帰宅後もあたりさわりなく過ごし、シャワーを浴びて眠りたい。紗弓の知らないことを岡田が知っているというのは、やはり居心地が悪かった。この話題からどう退散するかばかり考えていた信好の横で、紗弓が言った。

「いいと思う」

「わたしも」

ふわりとその場を包み込む声が、大村百合の魅力だったか。

我ながら逃げ足の遅いことだと己にがっかりし、そうしているうちにも、ちいさな恥が次から次へと積み上がってゆく。紗弓が百合の反応を喜んでいるのが、なんとも落ち着かない。女たちは互いに顔を見合わせて、拠《よ》り所《どころ》を得たみたいにどっしりとしている。男ふたりは話題が自分のほうに向かないよう、くねくねと身をよじるばかりだ。

店員がやって来て、お好み焼きにソースとマヨネーズがかかった。慣れた手つきでお好み焼きを四等分する彼女は、さっと信好と紗弓の皿にひときれずつのせる。二枚目に箸《はし》をつけたところで、百合がぽつり「いい時間ねえ」とつぶやいた。誰より先に紗弓が「はい」と応《こた》える。女たちにはもう、安心の岸辺があるようだ。

「高齢の母親とひとり娘のつまんない日常も、けっこう捨てたもんじゃなかったのよ」

軽やかな声と過去形の言葉に、彼女と母親の関係がそう乾いたものではなかったことを感じ取る。岡田さんから聞いていると思うけれど——彼女が続けた。

「母が自分の年齢を思い出せなくなって、外出しても帰宅できなくて、驚くくらいの早さで父とふたりでいたころに戻って行ったんです。本人にとっていちばん鮮やかだった時間に、仕事を終えて帰ってゆくみたいに」

ふとした瞬間に夢から目覚めた表情の母に「あなたのことを忘れたらどうしよう」と訴えられ、彼女は迷わず「忘れていいんだよ」と告げたという。

「母の心をここに留《とど》めておくわけにはいかないんだと思ったとき、世話を他人に任せることに決めたんです。母がわたしを忘れてゆくのは、自然なことでした。そのほうがきっとお互いかなしくないんです」

彼女は鉄板の上がさびしくなったところで焼きそばを二玉注文した。岡田は信好とは目を合わさず、ハイボールをちびちびと飲んでいる。紗弓は酒にはあまり手をつけずにいた。こんな場面は苦手だったはずだが、いつの間にか百合の歩調に乗っている。

「岡田さんとおつきあいさせていただいているのは、母を一緒に看取《みと》って欲しいのではなくて、母に忘れられてゆくわたしを、誰かに見守って欲しかったからなんです。同性じゃだめなのね。どこかに憐《あわ》れみが混じるから、お互いによくない。ふと見回してみたときに、職場にも職場以外にも知人はたくさんいたけれど、異性と思えるような相手はいなかったの」

「お見合いというかたちを選んだのは、なぜですか」

訊ねる紗弓の背中が背もたれから浮いた。

「知り合う時間を待てなかったの。本当は時間をかけてお互いが理想のひとに育ってゆくのがいいのだけど、自分にはもうそこにかける時間がないんだなって気づいちゃった。これまで夢中で働いてきたし、そろそろ自分を通していい年だと思ったから、贅沢《ぜいたく》を承知で『既に出来上がっている男性を紹介してください』って上司に頼んだのよ」

何度もそんな会話があったのか、隣の岡田は動じない。四人の食事会は、それぞれの相手を紹介し合う機会でありながら、男の度量を試す場でもあった。

「僕は、このひとにとってレトルトだったんだ」

百合はそんな憎まれ口を利《き》く岡田を微笑みでやり過ごした。軍配は女に上がった。

九月の終わり、大村百合の母は病棟へと移った。肺が真っ白になっていると告げられてから数日後の朝だった。出勤した信好に岡田が言った。

「今朝がた静かに亡《な》くなった。お迎えっていうのは、逝《ゆ》く側が心から望んだ人が来るのかもしれないよ。病室に知らない整髪料の匂《にお》いがすると思ったら、百合さんが『この匂いはお父さんのものだ』って言っていたから。僕は今日と明日は彼女のところにいることにした。合い鍵《かぎ》を預けるので、戸締まりのほうよろしく頼みます」

葬儀日程を訊ねると、すべて岡田と百合のふたりで済ませるという。

「彼女、本当にひとりだったんだ。昨日、危篤《きとく》の報《しら》せをうけて病室に行ったら、僕以外いなかった。報せる先もないようだ」

愛用の原稿用紙と資料を「気休め」と言いながら鞄《かばん》に入れ、礼服を抱えて岡田が家を出た。朝に吹く風はもう秋のもので、空は呆《あき》れるほど青かった。玄関先で岡田を見送り、信好は事務室に戻る。百合の母親を看取り終えた岡田が、次にどんな原稿を書くのか期待していた。

岡田だけではなく、信好の内側でも理想の女はどんどん姿を変えてゆくようだ。紗弓も、出会ったころの儚《はかな》げな風情《ふぜい》はなりを潜め、最近は百合という手引きを得てますますつよくなった。

昨日、応募した脚本が最終選考に残っているという連絡があった。テレビ局が主催する新人発掘プロジェクトだ。喜びを隠しながら告げた際、紗弓は信好が期待したほどはしゃがなかった。信好よりひとあし早く軸足を現実へと移したのだろう。

――高齢の母とひとり息子のほかには、登場人物はいないの？

――息子の嫁が出てくる。

――息子の嫁は、どんなひとなの。

――真《ま》っ直《す》ぐで、涙もろい。あとは、やきもち焼き。

――ふたりには子供がいる？

――いや、いない。

岡田の仕事部屋を見回す。机はきれいに整頓《せいとん》されていた。

ひとまず、ひと夏世話になった扇風機の羽を外し、洗剤を吹きかけながら部品の汚れを丁寧に落とした。元どおりに組み立て、納戸《なんど》に仕舞う。そこになくなって改めて、扇風機が占めていた場所と風を送っていた先が見えてきた。次に出すときはまた、自分たちの状況が変化している。

その日信好は、板の間の隅々まで掃除機をかけ、ワックスがけをし、煙突の埃《ほこり》を除き、台所を磨いた。こうしておけば、年末の大掃除で慌てることもない。ついこのあいだまで暑い暑いとぼやいていたのに、あと三か月もする頃にはまた年末だ。

ふと、母親テルのことを思い出した。死んでからもう二年経《た》つのかと思ったところで、鼻の奥がぐずぐずしてきた。

——なんだ、今ごろ。

磨いた床に、ぽつんとひとつぶ涙が落ちた。

テルと最後に食べた鰻《うなぎ》のことや、呆《ぼ》けた母に紗弓とのなれそめを訊ねられたこと、ただ疎《うと》ましかった通院の付き添い、実家通いの際に感じていた焦《あせ》りが一気に押し寄せてくる。

今ごろだからこそ、こんなにあっさりと涙が出てくるのだ。なにもかも遅いからこそ、安心して思い出せることがある。泣いて今日を洗い流すくらいに時間は経った。

眼裏《まなうら》に、夏の夜にこおろぎを植え込みへと移していた紗弓の姿が浮かんでくる。女がひとりスーパーの入口にしゃがみ込んでいた。立ち上がったところでなにをしているのか訊ねた信好に、彼女は「こおろぎを逃がしてた」と答えた。踏むほうも踏まれるほうも嫌だろうから——言葉と笑顔と、タイミングと心持ちと、惹《ひ》かれた理由を挙げればみな後付けだ。

見える範囲のこおろぎをみな植え込みに移し終えた彼女に、自分は「あなたいいひとだな」と言ったのではなかったか。

紗弓との出会いを誰かに話せて良かった。それが亡くなる直前の母だったのは何よりだ。大村百合の母は、娘と岡田のなれそめを知ることが出来たろうか。現実はいつも、生き残る側が引き受ける荷物だった。

夕刻、岡田から短い電話が入った。戸締まりの確認と、明日から取りかかる調べ物の指示だった。百合の様子を訊ねてみる。

「敵《かな》わないね、気丈なひとだよ」

岡田の無意識に、彼女が理想のひとだったかと問うてみたくなった。湿った感情がわかり易《やす》い答えを欲しているだけなのだと気付いてやめた。

こおろぎを逃がす女の、白い指先を思い浮かべた。隣に紗弓がいるあいだ、自分は真のかなしみには出会わずに済む気がした。ふたりでいれば、親の死でさえ流れゆく景色になる。

携帯をポケットに入れた。

静かな仕事場の片隅から、こおろぎの羽音が聞こえてきた。

幸福論

待合室の窓を快速電車が通り過ぎていった。踏切の遮断機がゆっくりと両手を上げる。最寄り駅から徒歩三分の「はまぐち内科」に職を得てから、朝夕にはゆったりとした時間が流れるようになった。今まで通勤に使っていた往復二時間をまるごと自分のために使えるのは、紗弓にとって贅沢《ぜいたく》なことだった。

十一月も終わりに近づくとインフルエンザの流行予測も発表され、予防接種の来院が多くなる。今日も朝から問診票が重なっていた。

――泉《いずみ》さん、泉タキさん。診察室にお入りください。

次の患者は隣家の老婆《ろうば》だった。自宅近くの内科医院に勤めていればこんなこともあるだろう。紗弓は引き戸を抑えてタキを診察室へと招き入れる。

背筋を伸ばし首だけ斜めに倒して紗弓を見上げた老婆の目が「おや」と止まった。微笑《ほほえ》みを返す。こんなとき無表情でやり過ごす術《すべ》を持っていなかった。

「先生、お久しぶりです」

診察椅子に腰掛けたタキに、院長の浜口が「その後どうなの」と声を掛けた。既にカルテはあるが、紗弓が勤め始めてからの五か月で彼女がやって来た記憶がない。泉タキが余裕のある笑顔を浮かべて短く返す。

「どうにもなっていませんけど」

「あのあと、検査はしたんだよね」

「町内会の老人健康診断では異常なしでしたけどね」

「それはいつのこと？」

「去年か一昨年《おととし》」

「そのあと、風邪で来たときに僕が言ったことは覚えてない？」

いつもは優しい院長の眉間《みけん》に深々と皺《しわ》が寄った。対してタキのほうは涼しい顔をしている。ふたりとも刻まれた皺の隙間《すきま》に、それぞれの不満を挟んでいるようだ。

「ちゃんと設備の整った病院が近くにあるんですから、一度ちゃんと胸の検査を受けてくださいと言いませんでしたか」

「別にいま、なんの不自由も感じてないですしねえ。四十を越えたとき、とりあえず親より長生きできたと安心してしまいましたし。この年になってなにも出てこなかったら、この先のことを考えて却《かえ》って嫌になりますよ。なにかあるんだろうなってくらいがちょうどいいんです。毎日思い切りよく暮らせますしね」

インフルエンザ予防接種の問診票をチェックしながら、院長が「困ったひとだねえ」とつぶやいた。胸の音を聴きます、と言うとタキは厚いセーターをまくり上げた。胸の上までたくし上げたセーターの内側に何枚もの肌着を着込んでいる。聴診器をあて、喉《のど》と胸の様子を確認した院長が短く「予防接種はよしましょう」と言った。

「なんで先生、インフルエンザに罹《かか》ったらそれこそ命取りでしょうに」

「大きな病院で検査を受けて、それからです」

タキは不機嫌そうな表情を隠さず、ふてぶてしく「来るところを間違えてしまった」と嘆いた。「どうもどうも」と言って診察室を出てゆく。彼女が出て行ったあと、院長が首を回した。紗弓が次の患者を呼び出すころには、待合室にタキの姿は見えなかった。

紗弓が次に泉タキに会ったのは、予防接種の一件があってから三日後の週末だった。スーパーの片隅でいい匂《にお》いを漂わせている焼き芋を買おうかどうしようか迷っていると、背後から「買いなさいよ」と声を掛けてきたのだった。

「迷うなら買っちゃいなさいよ。さっきからずっと焼き芋とにらめっこしてるけど、っちゃいなさい」
「こういうのは、匂いにつられて買ってしまうものなの。美味《おい》しそうだと思ったら買
「いい匂いで、つい」
迷ってるうちになくなっちゃうよ」

言いきる言葉のつよさにそんなものかと頷《うなず》きながら、買い物かごに入っている野菜
や玉子、納豆を端に寄せて焼き芋の袋を入れた。タキも焼き芋をひとつかごに入れる。
「ひとが買うと、なんだか自分も食べたくなるものね」
皺を持ち上げた頬に妙な悪戯《いたずら》っぽさを残している。隣合わせのレジで精算を済ませ
てエコバッグに買ったものを詰める。背中にリュック、右手にエコバッグ、左手にま
だ温かな焼き芋の袋を持つと、すぐそばでタキが笑い出した。
「いやだ、むかし見た親戚《しんせき》のおばちゃんみたい」
薄いダウンのパーカーとストレートのジーンズは確かに流行とはほど遠い服装だ。
タキはけらけらと笑いながら紗弓を促し、スーパーを出た。紗弓はタキと連れだって
冬空の下を歩き出す。隣のドラッグストアに寄って避妊具を買う機会を逃してしまっ
た。
沿道に枯れ残る緑はもう、いつ雪が降ってもいいように背を丸めている。夏のあい

だ誇らしげだった木々は、冬囲いされるものとされないものに分けられた。背の低い住宅地が続く街並みは、週末になると交通量が増える。タキは体に不安を抱えているとは思えない足取りですたすたと紗弓の横を歩く。その健脚は紗弓を置いて行ってしまいそうなほどだった。信号待ちでふと、院長のため息を思い出した。

「インフルエンザの予防にはワクチンも有効ですけれど、うがいと手洗いと、何より人混みに行かないことである程度予防できると思いますよ」

「ああ、雑誌にもそんなこと書いてあったわねえ。お茶でうがいしろとか鼻から水を流せとか、毎年違うのは何とかならないかしらね」

「予防って、興味を持って楽しむことも大切なんだと思います」

信号が赤から青に変わった。ボーダーの白線へ一歩踏み出し、タキが「世の中、飽きっぽいことねえ」とつぶやいた。

「今日は信好君はどうしたの」

「急ぎの仕事があるらしくて、休日出勤です」

タキは働き者ねえと返したあと十メートルほど無言で進み、紗弓の顔をのぞき込んだ。

「うちのお父さんも今日は碁会所。どうせだから焼き芋一緒に食べましょう。ちょうど味見したいたくあんもあるし」

どんどんタキのペースに引き込まれてゆく。仕事柄、老人から頼りにされることは多いけれど、それだけにあまり深入りしないよう努めてきた。親切の裏側に健康不安があることには、本人もうまく気づけないのだ。

買ったものを冷蔵庫に詰めて、紗弓は一本百九十円の焼き芋を手に隣の泉家を訪ねることになった。芋はすっかり冷えている。自分で食べるものだけ持ってゆくのもはばかられて、もらい物の温泉まんじゅうをふたつ手にした。

玄関を出て五歩のところに泉家がある。並んだ家にまつわる古いつき合いや昔話を信好から聞いたことはなかった。亡《な》くなった姑《しゅうとめ》とタキを同時に思い浮かべても、仲良くお茶を飲んでいるところは想像しがたい。姑の気難しさを思い出せば、ふたりの気が合ったとも思えなかった。「呼」のボタンがすっかり色あせたドアチャイムを押した。すぐに出てきたタキは、病院にやって来たときと同じセーターと毛布のような巻きスカート姿だ。

「いらっしゃい。あがってあがって」

タキの歓迎ぶりに戸惑いながら、脱いだスニーカーを揃《そろ》えた。縦横一間の幅を持つ三和土《たたき》で立ち上がる際、紗弓は下駄箱《げたばこ》の上に不思議な置物を見つけた。老夫婦の趣味というには首を傾《かし》げたくなる、かなりデッサンの狂った猫の置物だ。頭がちいさく、腹周りがでっぷりとして尻尾《しっぽ》は短い。なぜか臍《へそ》に×印が描かれていた。ようやく猫ではないかと思うくらいの出来だ。紗弓の視線に気づいたタキが嬉《うれ》しそうに置物を指さす。

「それはリョウちゃんの飼っている猫のナオミなの。ファンクラブ限定販売の、幸運を呼ぶ招き猫。リョウちゃんの描いた絵をもとにして作ってあるの」

リョウちゃんも、猫のナオミもよくわからない。自信を持って言われると、疑問を口にできない。タキが、寒いから早くおいでと手を振った。一歩足を踏み入れた泉家の茶の間には、壁を埋めるようにカレンダーやポスター、週刊誌の切り抜きやＣＤジャケットが飾られている。紗弓は呼吸と足を同時に止めて、壁から満面の笑みを投げかける青年を見た。

「リョウちゃんよ」

青年のつるりとした顔に見覚えがあった。どこか懐《なつ》かしい歌謡曲を歌う、歌手の沢《さわ》田《だ》リョウだ。年配の女性から熱烈な支持を受けているというのは聞いていたが、ファンクラブで彼の飼い猫の置物までが販売されているとは知らなかった。

沢田リョウが宣伝する発泡酒やのど飴《あめ》、観光ポスターが並ぶ壁を見ていると、落ちいた。

着かない。どの目もこちらを見ているのだ。かろうじて壁置きの暖房が紗弓を労《ねぎら》って

「碁会所って、近所なんですか」

タキは首を横に振った。札幌まで出るのだという。

「あのひとは仕事をしていた頃の仲間と今も会えるくらい、健やかな年寄りなの。きっと頭が柔らかいのね」

「健やかな年寄り」という言葉は、タキにこそ似合いそうだ。壁から降りそそぐ青年歌手の視線にも慣れてきたころ、タキが沢田リョウの曲を流しはじめた。高い声を伸びやかに使いこなし、高音に無理のないのが聴きやすい。年配の女性ファンが物心両面で支える歌手は三十になったばかりだという。

香りのいい緑茶を飲んだ。タキの話す沢田リョウの成功物語は、なにやら長い小説のあらすじを聞いているようだった。タキが一口大に切ってくれた焼き芋を口に入れる。なつかしい甘みが広がった。

「それでね、十代から自殺未遂を繰り返してさんざん親不孝をしてきたリョウちゃんだったけど、ある日ラジオから古い曲が流れてきて、その曲が彼の運命を変えたのよ」

紗弓は小型のスピーカーに向けられた彼女の人差し指を見た。ちあきなおみの大ヒット曲が、若い歌手のカバーで流れていた。それで猫の名がナオミなのかと合点がいって、膝《ひざ》を叩《たた》きそうになる。北国の古い民家の居間がこんな状態になっていることを知ったら「リョウちゃん」はなにを思うだろう。

「歌手になると言ったとき、ご両親は彼が生きる希望を見つけたことをなにより喜んだらしいの。だから彼にとってもご両親にとっても、歌は命なの」

澄んだ瞳《ひとみ》でそう言われると、ただ頷くことしかできなかった。

ほんの数メートル隣に自分の家があることも、壁の切り抜きやポスターも、老女の不思議な気安さも、どこか夢で作った空間を思わせた。会話の端に姑が登場しても動揺しない。亡くなってから二年と少し経《た》ち、姑は記憶の向こう側で微笑むひとになっている。日々を哀惜混じりで送る気遣いも薄れてきた。信好と一緒になって、もうけっこうな時間が経ったということだった。

二時間ほど沢田リョウの歌を聴き、その来《こ》し方《かた》を聞いた。タキの嬉々《きき》とした話しぶりにはよどみがなかった。

「今日はおつきあいありがとう、たまに遊びに来てちょうだい」

帰りがけにタキはたくあんを一本ビニール袋に入れ、余分に買ってあるというリョウちゃんのCDを紗弓に持たせた。

「返さなくてもいいから。お近づきのしるしに」

ここに在るのは病棟の仕事ではないのだった。老人の口実のわかりやすさも、彼女が日常に抱える孤独も、壁一面の微笑みも、どれもが今日から明日へと流れてゆくための風だ。

紗弓は玄関を出て、改めて呼び鈴の上にある泉家の表札を見た。泉長寿郎《ちょうじゅろう》、タキ——その隣にある名前はマジックで黒く塗りつぶされていた。

帰宅した信好に、つまみ代わりにとたくあんを出した。夫の髪から肩先から、冬のにおいがする。

結局入賞を逃した脚本は、改稿を二度したあとテレビ局のプロデューサー預かりとなっていた。地味な内容だが企画が合ったところで今後も推していきたい——落選の報告と同時におかしな希望を持たざるを得なくなった信好と、その後脚本の話はしていなかった。

たくあんのいきさつを告げると、信好の目尻《めじり》に柔らかな皺が持ち上がった。夫の笑い皺が上を向いていることが何となく嬉しい。

「泉さんのところ、奥さんのほうは元気そうだね」

「ご主人は札幌の碁会所に通っているみたい」

健やかな年寄り、という言葉が通り過ぎてゆく。碁会所か、と信好がつぶやいた。

「ときどき、同じ電車で見かけるんだよね。朝も夕方も」

「けっこう熱心なんだね」

「目が合えば頭を下げ合ったりもするんだけどね。そうか、行き先は碁会所だったのか」

青梗菜《チンゲンサイ》と炒《い》り卵をごま油でさっと和《あ》える。納豆にはたっぷりネギを混ぜ、砂糖と醤《しょう》油《ゆ》で甘辛く味をつけた。夕飯から立ち上る湯気が、その日に抱えた不安や疑問をからめて天井へと向かう。

泉タキが沢田リョウを応援しているようだ、と言うと信好が驚いた顔をする。

「意外だな。お隣さんって、俺が小さいころから近所でも怖《おそ》れられるくらいの雷おばさんだった。公園がまだこんなに整備されてなかった頃、夏休みのラジオ体操で態度の悪い奴《やつ》はみんなあのおばさんにゲンコツくらってたぞ。歌手の追っかけって、それ本当なの」

隣人の素顔は見えるようで見えない。紗弓は香ばしいごま油の匂いに誘われ、彼女が話してくれた沢田リョウのデビュー話を食卓に並べた。

十代の荒れた日々に訣別《けつべつ》できたきっかけが歌だったという話になったとき、それまで物珍しそうに聞いていた信好の表情が翳《かげ》った。

「その歌手が、自殺未遂を繰り返してたって、おばさんそう言ったの」

「うん、歌手になったいきさつについて、すごく熱く語ってた」

信好が「ふぅん」と視線を揺らした。

「そんなに意外なことなの？」

「隣の家がいまそんなことになってると知ったら、死んだおふくろもびっくりすると思って」

その夜、食事を終えた信好が紗弓の洗った食器を拭《ふ》きながらぽつりと言った。

「泉さんのおばさん、紗弓に娘さんの話はしなかったんだ」

聞けば、泉家には信好より三つ上のひとり娘がいたという。

「俺が小学校の頃からだから、向こうは中学生だったのかな。とにかくよく救急車が来る家だったんだ」

泉家のひとり娘は夫妻が大切に育てた花だったが、中学に入ったころから荒れ始めたという。

「おじさんは仕事、おばさんは家事と子育てっていう普通の家だったよ」

一度、学校から帰って来た際に家の前にガラスや瀬戸物の破片が散らばっていて驚いたことがあったという。

「娘さんが二階の窓から道路に向かって叩きつけてたみたいなんだ。おばさんが出てきて、箒《ほうき》とちりとりで割れた食器を集めてた。顔も上げないで、いくつか割ったところへ、何度も出てきて掃くんだよ。怒鳴るわけでもない、泣くわけでもない、しばらくそれを繰り返してた」

想像するだけで胸がつまりそうな景色だった。泉家の台所は一階の南側にある。そこから二階まで食器を運んでは窓から投げつける少女の、荒れた心とはどんなものだろう。

「おばさん、娘さんがそうなってからは近所の子供たちを怒鳴らなくなった。周囲はまた別の怖さで隣の家を眺めるようになったんだ」

泉家は近隣の視線のなかで静かに、荒れた娘と闘い続けた。娘はいつも自殺未遂でひと区切りをつける。決定打を打たない傷を何度も自分に負わせながら、ひとり娘は大人たちの体温を測り、自分の正気を探し続けた。手首を切る、風邪薬をひと瓶飲む、母親の留守中にガス栓をひねる――どれも成功しない、あるいはさせない。

紗弓は家の前にしょっちゅう救急車がやってくる日常を想像して震えた。ひとの親となり、いったい何の咎《とが》があってそんな日々を過ごさねばならないのかわからないのだった。考えてみれば、自分もひとり娘だ。親のことでは責任ばかりが重たい、一人っ子という点では信好も自分も、換えのきかない指定席に座っているようなものだった。

「わたしも十代の半ばくらいにすごく苦しくて出口がなかった気持ちは覚えがあるけれど、自殺までは考えなかったな」

どんなことで、と信好が訊《たず》ねてくる。失恋とは言えず両肩を持ち上げてごまかした。

「お嬢さんは、いまどうしているのかな」

「わかんないな。いつの間にか救急車のサイレンを聞かなくなってた。いつなのか思い出せないけど、俺が中学を卒業するころはもう隣の家に娘さんは住んでいなかった気がする」

隣家との交流はほとんどなく何十年もの時間が過ぎた。紗弓の眼裏《まなうら》に泉家の表札が浮かんで消えた。

娘が生きていても死んでいても、親の咎は続く。関係の曲がり角を間違ったという責めは、いったいどこで薄れてくれるだろう。泉タキの軽やかな憎まれ口を思い出すと、家族を持つのがほんの少し怖くなる。

「お隣さんの体調、ちょっと気になるの」

「おじさんのほう？　おばさんのほう？」

「おばさん」

少し迷いながら、インフルエンザの予防接種にやって来たときのことを話した。信好の言葉は、いつも紗弓を楽にする。

「ときどき訊《き》いてあげたらいいと思うよ。しつこくない程度にさ。うちのおふくろがよく、隣は子育てに失敗したって言ってたけど、自分だって似たようなもんだったろうにな。子育てに成功も失敗もあるのかね」

洗い物をしていても、風呂《ふろ》に入っても、ベッドに入って目を閉じても、信好の言葉は頭を離れなかった。このままふたりきりで暮らしていたいのも本音だし、いつか子供を産みたいのも偽りのない気持ちだ。生活するだけで手一杯だった時間を懐かしんでいるうちに、女の年齢は急ぎ足で別の不安を連れてくる。子供を産みたい「いつか」はそんなに遠いところには置いてはおけない。

十二月に入ると、熱と腹痛を抱えた風邪が流行《はや》り始めた。紗弓も念入りに手洗いとうがいを繰り返す。待合室での感染を怖れてか、症状の軽い患者はかえって病院を敬遠するようになってきた。朝から症状の重い患者の対応で、スタッフは全員マスク姿だった。

その日診療時間終了のぎりぎりにやって来たのは泉タキだった。長いダウンのコートを羽織っていた。肩先が少し濡《ぬ》れている。

「そこの角を曲がったところで降り始めたの。明日も雪の予報が出てるから、今度こそ根雪ね」

前回やって来たときより機嫌がいいようだ。診察用の椅子に座ると、タキは余裕のある口調で言った。

「市立病院で検査しましたよ。貧血も不整脈も経過観察、ワクチンは接種していいそうです」

バッグから検査表を取り出して、自信満々の笑顔で開いて見せた。院長は黙って検査表を受け取り、確認したあと、ひとつため息をついた。

「大きな病院なんだから、そのまま接種してもらえたでしょうに」

「大丈夫ですよって、先生にお伝えしたかったんですよ」

院長は「そうですか」と頷いて紗弓にワクチンの指示を出す。診察室の会話が筒抜けになっている処置室では、もう用意が始まっている。

肩こりに効く漢方薬の処方を受け、満面の笑みでタキが診察室をあとにした。タキの勝ち誇った様子と院長のしらけた表情に、医院に漂っていた疲れがいっときゆるんだ。町医者と患者の作り出す気配に触れると、ここに移ってきたことがとても良いことだったように思えてくる。

仕事を終え、急いで帰り支度をして病院を出ると、薬局から出てくるタキと鉢合わせになった。低い空からちらちらと雪が落ちてくる。空はこの先落とす雪の粒を溜《た》めて、夜だというのにやけに明るかった。

「ちょうど良かった。あとでお宅を訪ねようと思っていたところだったの」

「なにかありましたか」

「明後日《あさって》の夜、五時くらいから空いてるかなと思って」

土曜の仕事は昼までで、夜は特別なにも入っていなかった。言葉を濁すことも出来ず、咄嗟《とっさ》にそのとおりを口にする。タキの声がはずんだ。

「良かった。リョウちゃんのディナーショーがあるの。うちのお父さん、行くのが億劫《おっくう》だって言い出して。せっかく二枚当たったっていうのに、もったいない」

札幌のホテルで、沢田リョウのディナーショーがあるという。先日もらったCDのパッケージを開けていないことも、訊かれると気まずい。

「せっかくテーブルを回って歌ってくれるのに、もしもインフルエンザに罹ったらリョウちゃんにうつしてしまうでしょう。ワクチンを受けられて良かった。わたしの心臓がおかしいなんて、あなたのところの院長は昔から大げさなんだから」

ワクチンが効き始めるまでにはもう少し日数が必要だ。タキのまっすぐな瞳に怯《ひる》んでいるうちに、紗弓は断る機会を逃した。

「なにを着ていけばいいんでしょうか。ディナーショーなんて生まれて初めてで」

「普通の恰好《かっこう》で充分。セーターでいいの」

信好に笑われながら決めた装《よそお》いは、濃紺のワンピースだった。母親からもらったままタンスの肥やしになっていたストールを巻いて、流行遅れをごまかした。足下はもう、雪の季節でもあるのだからとロングブーツを履いて乗り切ることにし、なんとか恰好だけはついた。

タキに連れられてやって来たホテルの会場は、きらびやかに装った年配の女性ファンでむせかえるほどの熱気だった。

ラメ入りの洋装と大きなイヤリング、指輪、ネックレス――別世界の生きものだ。

そのあと始まった歌謡ショーの中盤、紗弓は不思議な光景を見た。スターがさしのべた手をがっちりと摑《つか》んで離さない老女や、次のテーブルへ移ろうとする彼の背にすがりつくファン。彼女たちの手をするりとかわしながら、歌手は歌い続ける。曲と曲の合間に語られる来し方や抱負は、先日タキが話してくれたこととほぼ同じだったが、大晦日《おおみそか》の紅白へ向けての意気込みが勝り会場はお祝いムードに膨らんでいる。沢田リョウには、マイクを持って明日を語ることのできる華やかさがあった。

市の外れにあるスキー場がおおかたの雪雲を引き受けてくれているお陰で、札幌の中心部は雪が少なかった。会場を後にしてタクシーに乗り込んだあと、紗弓はタキに礼を言った。

「面白い集まりだったでしょう?」

返す言葉を選んでいると、夜の明かりを受けたタキがふんわりとした笑顔を向けた。

「コンサートもディナーショーも、行く度に吹き出しちゃうような光景が見られるの。ここにいるひとみんな、家に何を置いてきたんだろうって思うの。いい年をしたおばあちゃんがこんなにたくさん、リョウちゃんリョウちゃんって騒いでる。彼女たちいったいどうしちゃったんだろうって思いながら、気づくと自分も団扇《うちわ》を振ってたりして。それがなんだか楽しいの。羽目を外すなんて、そんな時間が許されると思ってなかったから自分が可笑《おか》しくて。みんなお互いを笑い合いながら、何かを許し合ってるみたいな気がするの」

タキはひとしきり笑ったあと、からりと「やきもち焼かれるのもいいものよ」とつぶやいた。

「やきもちですか」

「うちのお父さんが急に行かないって言い出したのは、ただのやきもちなの。わたしが毎日リョウちゃんリョウちゃんだから、内心むかむかしてるの。いろいろあったけど、いつ死んでもおかしくない年になってから、亭主にやきもち焼かれる女房になるなんて思いもしなかった。この年になると、亭主の不機嫌な顔見ているときも面白くてね。ずいぶん長いこと、この人とふたりで生きてきたって気がするの」

信好と紗弓のところはどちらがやきもち焼きなのかと問われ、口ごもる。

タキが笑う。

「年を取れば、どんな諍《いさか》いも娯楽になっちゃうんだから」

札幌駅の八番ホームに並んで電車を待つ。列の先頭で女がふたり並んでいた。紗弓は「やきもち」のひと言に心を摑まれながら、ふたりのすぐ後ろでその会話を耳に入れる。

似たような背格好だが母と娘らしい。母のほうはダウンのコートにブーツという姿で、娘の短いスカートから伸びているのは素足だった。鳥肌も立てていない鈍感ぶりに、見ているこちらの体が冷えてくる。せっかくの若い肌に、塗り絵みたいな化粧をしていた。母親は紗弓とそう年が違うとも思えないが、服装とまばらな白髪に生活に追われ尽くした疲れが見える。娘がベタベタした口調で恨めしげに言った。

――さっきのスカート、やっぱ買えば良かった。

――お年玉の前借りなんて、できるわけないでしょう。

――友だちはみんなやってるって言ってた。初詣《はつもうで》、新しいスカートで行きたかったのに。ケチくさいヤツ。

母親がひと目もはばからず、大きなため息をついた。娘も負けずに大きな白い息を吐く。会話を聞かれることに慣れているのか周囲の視線に興味がないのか。

タキは表情も変えず、皺に埋もれた眼差《まなざ》しをまっすぐ線路のほうへと向けていた。

電車がホームに入ってくる。アナウンスが大きく響く。タキが喧噪《けんそう》に紛れ、紗弓の耳にその唇を近づけ言った。

「幸福なのよ」

一瞬、なにを言っているのかわからず眼で問うた。

「たぶん幸福なの、このひとたちもわたしたちも」

小樽方面からの乗客のおおかたが降り、紗弓は運良く優先席と普通席が隣り合わせた二席を確保する。タキも自分も堂々と座っていられる良い席だった。

江別を終着にした電車は、おおよそ三十分のあいだに満員だった乗客を三割に減らした。ホームでいがみ合っていた母娘《おやこ》も、いつの間にか視界から消えている。紗弓は、今ごろになってブーツの先が白茶けていることに気づいた。華やかな老婦人たちの装いは、そのまま夢の世界を垣間見たようであったし、プロの歌唱力をライブで堪能《たんのう》したことも胸の躍るできごとだった。ぽつぽつとその数を増やし続けている泉タキのつぶやきも、紗弓の「いま」に溶け込んでくる。

「さあさあ、風もないし歩いて帰りましょうか。やきもち爺《じい》さんの待つ家には出来るだけゆっくり戻りましょう」

ひとりぶんの肩幅に踏み固められた雪道を、紗弓よりもしゃんしゃんと歩く老婆のちいさな背を追った。駅のホームを通り過ぎてゆく特急列車の音が去ると、線路沿いの道には物音がなくなる。紗弓は声に出さず、ちいさな背に幸福の意味を問うてみる。

――いつかどんな諍いも娯楽に思えるほどの「いま」って、なんだろう。

父と母は、ひとりを持ち寄ってふたりになり、三人を経て再びふたりを歩いている。姑のテルは、ひとりになってもふたりぐらしを続けていた。岡田と百合は、つよくひとりを意識しながらふたりを生きる。

信好と自分は——

出会ってからはいつだって、信好が紗弓の「答え」だった。ひとりではうまく流れてゆけないから、ふたりになったのではなかったか。

信好に、子供が欲しいかどうかを訊ねたことがなかった。避妊具を買うのは自分の役目だったけれど、本当にそれで良かったのかどうか。無言の用意はそのまま妊娠の拒絶になっていなかったろうか。訊ねたときに返ってくる表情を見る勇気がなかったことに気づいて、紗弓の足が重たくなった。

ちらちらと細かい雪が舞い始めていた。心も積もりそうな夜だ。

家の前までやって来たところで、紗弓はタキに訊ねた。

「幸福なんでしょうか、わたしも」

「もちろん、どこから見ても万全の幸福に見えますよ」

紗弓の質問を待っていたかのような笑顔が返ってくる。皺に埋もれそうな瞳に雪を映して、タキは万全の幸福、という言葉を使った。うまく反応することができない。

タキが唇の両端をいっぱいに持ち上げ微笑んだ。

「ちょっと待ってて」

彼女は一度自宅の玄関に消え、すぐに紗弓の前へと戻ってきた。

「これ、あげる。更なる幸福を呼ぶ招き猫」

タキは紗弓の手に「ナオミ」を握らせ「おやすみなさい」と笑った。

オレンジ色の街灯の下、紗弓の手の上で、臍のある招き猫が雪を溶かし始めた――

解　説

友　近

ひとは何を求めて結婚をし、夫婦になるのだろう。

不惑の旦那《だんな》・信好と、三十五歳の女房・紗弓のささやかな日常を、夫婦それぞれの視点で描いた、桜木紫乃さんの『ふたりぐらし』。このすべての章を、自分の家族や身の周りで起こっていることに照らし合わせ、夢中になって読んでしまった。まるで結婚や夫婦の教科書を読んでいるような感覚にさえなった。

一つめの「こおろぎ」の章は、旦那の信好が、実母の毎週の病院通いに付き添う場面から始まる。

映画脚本家の道を諦《あきら》めきれない元映写技師の彼には定職がなく、ほぼ、看護師の紗弓の稼ぎで暮らしている。「金がない」うしろめたさもあってか、古稀《こき》になる母親に鰻《うなぎ》を奢《おご》られたことさえ、女房には言えない。母と紗弓の、微妙な距離も埋まらないいまだ。

息子にとっての母親はやはり特別なのか、母親にとっての息子が特別なのか。どうしても息子の嫁とは心の底から向き合えなかったり、息子がそうさせるための手助けをしなかったり、よくある話ではあるが、この家族もそうだった。まずそこに溝があると、夫婦間でも距離ができる。だから読み始めたとき、この夫婦はお互い気を遣いながらも、愛情、恋愛感情というものはもうなく、煮え切らない相手とそれでも共に生きているんだろうなと思っていた……がしかし、そうでもないらしい。

読み進めると、この夫婦の見え方がどんどん変わっていく。

特に「ごめん、好き」の章で、紗弓の自分の中に眠っていた旦那への感情に気づかされる出来事が面白い。

紗弓は、映写技師の仕事で留守にしている旦那のパソコンを出来心で覗《のぞ》き、そこで初めて、自分の知らない旦那を知ることになる。人間やってはいけない行為をしている時は目が犯罪者のようになり、心臓がドクドクして眠れなくなるのだ。血の気が引くというのか、ふわふわする感じになり、手足が冷たくなる。そして罪悪感に苛《さいな》まれる。でも、そこから彼女は一層、旦那を男として見るようになる。「休日前夜」の章にも続く、旦那への執着心の強さが見え隠れしていく。

セックスのきっかけも、彼女から作っていた。それが当初、意外にも感じられたのは、性欲というものが垣間見えた時、それまで抱いていたその人に対してのイメージが別人になるからだろう。例えば優しい笑顔の、性とは無関係な雰囲気の人に五人も子供がいると、一瞬ドキッとすることがある。それも自分が勝手にイメージをつけていただけだ。人間だから当然のことなのに、よその夫婦が男と女である事実には蓋《ふた》をしていることに気づかされる。

紗弓が旦那の中に「男」を見つけたように、紗弓の夫婦間でしか見せない「女」の部分に触れた思いがした。

同じように、夫婦や家族だからこそ見せる姿、本音が、この物語には溢《あふ》れている。その一つが、「娘が母親を嫌う」こと。一時期、毒親という言葉が世間を賑《にぎ》わせたものの、周りにはそこまでこじれきった母娘関係のケースはなかった。一方でそこまではいかなくても、紗弓のように、実は母親嫌いの娘は多いのだろう。そこに思い至り、ホッとする。我が家の場合もまた、嫌いではないが、なんでこんなに母親にイライラするんだと、万年反抗期が継続中である。

紗弓の父が娘にこういうのだ。「いいんだよ、女の子はそれで。母親が大好きだなんて、女として次の一歩を踏み出せていない証拠でしょう」と。深い言葉だ。確かに周りで理想の女性は母親です、と答える女性は箱入り娘タイプが多い。何か答え合わせができたような、許されたような気持ちで心が軽くなる。

この紗弓の父のキャラクターがまたいい。彼の人となりを指す、こんな表現があった。「気遣いの方向を間違わない男」。義理の息子である信好の思いだ（これが人として一番大事なことだと常々思っていたので、深く共感した）。

「ひみつ」の章で、信好はこの義父の意外な姿を知り、これまでとは距離感が変わっていく。

夫婦になるとやはり切り離せないのがお互いの両親との関係だが、彼らとの関係がうまくいっていないと思っていても、結局は自分が向き合っていなかっただけなのかもしれない。勝手に嫌われていると思っていて、関係がこれ以上崩れるのが怖いから一歩踏み込まないだけなのだろう。

何より、親孝行したいときに親はなし、というのはやるせない。亡《な》くなってから気づくのが親のありがたみだが、結局親に甘えているだけだ。親の愛情の深さを知りたくない気持ちと感謝の気持ちとが混ざり合う。……私もまだ素直になれないものの、非常に考えさせられた。

『ふたりぐらし』には信好と紗弓、その両親たち以外にもたくさんの「ふたり」が出てくる。紗弓に、長年の想《おも》い人へのラブレターの代筆を頼む入院患者の老婦人。〝余生のための見合い〟で相手と出会った、信好の雇い主の評論家。様々な人生と出会う度、感情に触れる度、「ふたり」の在り方を考えさせられる。一生つきまとうテーマだ、夫婦とは……。

信好がその評論家に「結婚相手は理想の女《ひと》か」と問われる場面がある。彼の場合、自分がなぜ紗弓を好きになったかを思い返すと、それが明確に出てくるのだが、そういう人ははたして世の中に何人いるだろうか。それだけでも、理想の相手と結婚できたのだと思えてならない。

信好と紗弓が向き合わねばならない日々の悩みはこのあとも続くだろう。でも確かに言えるのは、二人でいるからこそ見えるものがある、ということ。

好き同士で一緒になった二人が、次第に夫婦になっていく、「ふたりぐらし」という幸福を嚙《か》みしめた。


（令和三年一月、芸人）

この作品は平成三十年七月新潮社より刊行された。

桜木紫乃著

ラブレス

島清恋愛文学賞受賞・突然愛を伝えたくなる本大賞受賞

旅芸人、流し、仲居、クラブ歌手……歌を心の糧に波乱万丈な生涯を送った女の一代記。著者の大ブレイク作となった記念碑的な長編。

桜木紫乃著

硝子の葦

夫が自動車事故で意識不明の重体。看病する妻の日常に亀裂が入り、闇が流れ出した――。驚愕の結末、深い余韻。傑作長編ミステリー。

桜木紫乃著

無垢の領域

北の大地で男と女の嫉妬と欲望が蠢き出す。子どものように無垢な若い女性の出現によって――。余りにも濃密な長編心理サスペンス。

彩瀬まる著

あのひとは蜘蛛を潰せない

28歳。恋をし、実家を出た。母の〝正しさ〟からも、離れたい。「かわいそう」を抱えて生きる人々の、狡さも弱さも余さず描く物語。

朝倉かすみ著

恋に焦がれて吉田の上京

札幌に住む23歳の吉田は、中年男性に恋をした。彼の上京を知り、吉田も後を追う。彼はまだ、吉田のことを知らないけれど――。

井上荒野著

潤一

島清恋愛文学賞受賞

伊月潤一、26歳。気紛れで調子のいい男。女たちを魅了してやまない不良。漂うように生きる潤一と9人の女性が織りなす連作短篇集。

湯本香樹実著　夜の木の下で

病弱な双子の弟と分かち合った唯一の秘密。燃える炎を眺めながら聞いた女友だちの夢。過ぎ去った時間を瑞々しく描く珠玉の作品集。

唯川恵著　逢魔

あなたとの交わりは、極楽なのか地獄なのか――。雨月物語や四谷怪談など古典を鮮やかに変奏した、エロスと恐怖が滴る八つの物語。

柚木麻子著　BUTTER

男の金と命を次々に狙い、逮捕された梶井真奈子。週刊誌記者の里佳は面会の度、彼女の言動に翻弄される。各紙絶賛の社会派長編！

吉本ばなな著　イヤシノウタ

かけがえのない記憶。日常に宿る奇跡。男女とは、愛とは。お金や不安に翻弄されずに生きるには。人生を見つめるまなざし光る81篇。

吉川トリコ著　マリー・アントワネットの日記 (Rose/Bleu)

男ウケ？　モテ？　何それ美味しいの？　時代も国も身分も違う彼女に、共感が止まらない！　世界中から嫌われた王妃の真実の声。

綿矢りさ著　手のひらの京《みやこ》

京都に生まれ育った奥沢家の三姉妹が経験する、恋と旅立ち。祇園祭、大文字焼き、嵐山の雪――古都を舞台に描かれる愛おしい物語。

ふたりぐらし

新潮文庫 さ-82-4

令和三年三月一日発行

著者 桜《さくら》木《ぎ》紫《し》乃《の》

発行者 佐藤隆信

発行所 株式会社 新潮社

郵便番号 一六二—八七一一
東京都新宿区矢来町七一
電話 編集部(〇三)三二六六—五四四〇
読者係(〇三)三二六六—五一一一
https://www.shinchosha.co.jp

価格はカバーに表示してあります。

乱丁・落丁本は、ご面倒ですが小社読者係宛ご送付ください。送料小社負担にてお取替えいたします。

印刷・錦明印刷株式会社　製本・錦明印刷株式会社

ISBN978-4-10-125484-5 C0193